REPRODUÇÃO

Obras do autor publicadas pela Companhia das Letras

Aberração
Os bêbados e os sonâmbulos
O filho da mãe
As iniciais
Medo de Sade
Mongólia
Nove noites
Onze
O sol se põe em São Paulo
Teatro

II. A LÍNGUA DO PASSADO

Todo povo cala uma coisa para poder dizer outra. Porque tudo seria indizível.

Ortega y Gasset

O delegado está pronto para esmurrar o estudante de chinês quando o telefone interrompe a passagem da vontade ao ato. Ele desliga e pensa em voz alta: "Puta que o pariu!". O estudante de chinês arregala os olhos, identificando afinal o ensejo que faltava para exigir justiça e igualdade de tratamento — e quem sabe ser liberado para embarcar para a China no voo das seis. Com esse objetivo, desdobra-se em professor, embora não consiga se desvencilhar totalmente do papel de aluno, a esboçar um tímido movimento de mão, como se tivesse uma pergunta a fazer, para lembrar ao delegado a regra por ele mesmo estabelecida e descumprida. Mas antes mesmo de o estudante de chinês, com a mão hesitante, levantada a meio caminho, poder dizer o que quer que seja, o delegado sai da sala, batendo a porta às suas costas. Em segundos, o estudante de chinês vai ouvir uma voz feminina (ou assim vai querer crer, perturbado que está depois do breve e inesperado reencontro com a professora de chinês na fila do check-in — e sobretudo depois de o reencontro ter se revelado apenas a antecâmara de mais um desaparecimento inexplicável), vindo da sala ao lado, abafada pelas mesmas divisórias ordinárias que dividem as salas na escola de chinês, onde tudo, fora as mensalidades, é o mais econômico possível. Na esperança de voltar a ouvir a voz que o abandonou sem explicações, dois anos antes, e querendo reconhecê-la a qualquer preço, o estudante de chinês aproxima o ouvido da divisória ordinária. A julgar pelo que consegue ouvir com dificuldade, e cujas lacunas compensa com imaginação e pensamento positivo, mais parece a voz providencial de uma autoridade passando um sermão no delegado, que como se não bastasse reter sem motivo, para interrogatório, um passageiro honesto e inocente, o priva do direito primordial de movimento, impedindo que faça uso do bilhete comprado com os olhos da cara e embarque para a China no voo das seis. Como ouve ainda menos o que o policial responde, o estudante de chinês prefere imaginar que ali se esboça uma solução do problema (transformando a autoridade, seja ela quem for, numa aliada) a ter de encarar a triste realidade que no fundo se configura a despeito de suas esperanças. Não foi outra a razão que o levou a procurar uma escola de chinês e a insistir numa língua que ele não tem a menor condição de aprender (embora siga repetindo, agora mais por inércia e com o empenho do autoconvencimento, que tudo na vida depende de grandes passos e que nunca é tarde para começar uma vida nova). Uma língua na qual ele pode no máximo supor os sentidos e deduzir os tons, como se isso fosse suficiente para mantê-lo imune aos contratempos da realidade, num estado onde só há desejo. E, assim como é incapaz de reconhecer os tons em mandarim, só lhe resta imaginar, agora na sua própria língua, por conta de uma deficiência da realidade, com o ouvido colado à divisória ordinária, o que deseja ouvir na sala ao lado.

"Ligou e quer negociar. Vai ligar de novo a qualquer momento. Me deu um tempo pra refletir. Disse que era pra eu falar com você. Disse que você está sabendo. Não está? Oi? Por que ele não ligou pra você? Você está me perguntando? Que é que você acha? Me diz. Que é que você acha que ele disse? Que é que você acha que ele teria a dizer que você ainda não me disse? E o que é que você queria que eu dissesse? Que é que você está esperando? Uma revelação? Pela sua cara. Não está? Melhor. Então, vamos ao que interessa, porque parece que chegamos a um impasse. Que, aliás, já vinha se anunciando há meses, desde que você chegou aqui. Ou não? Que foi que eles te disseram? Não disseram nada? Eu realmente não queria ver você passando por isso. Você sempre contou com o meu apoio — apoio não é a palavra —, com a minha discrição. Desde o começo. E eu tinha escolha? Não dava pra trabalhar junto de outro modo. Ou dava? Não perguntei nada quando você me pediu pra trazer ele pra cá. Não concordei com a transferência? Não ignorei o histórico dele? É claro que me alertaram. Procurei, sim. Você queria o quê? E não vou dizer que não me arrependi mais de uma vez nos últimos meses. Eu teria preferido não ter que falar sobre isso. Você fez de tudo pra mandarem ele pra cá. É lógico que é responsável. Só faltava! Não se arrepende? Não vai jurar, mas garante que ele é um cara de palavra. Certo. É claro que alguma coisa deve ter acontecido. Você me diz. Ninguém faz uma coisa dessas em sã consciência. Não é normal. Ele disse que você sabe. Oi? É claro que ele vai aparecer. Planejando o quê, por exemplo? Pro bem, claro, só pode ser pro bem. Afinal, é um cara do bem, não é isso? Não estou sendo irônica. Você é que está dizendo. Eu só repito. Você é que disse que não sabe o que deu nele, que não faz a menor ideia. Ele disse que você faz, sim. Não é seu problema? Ele diz que é. Por que é que você não pergunta pra ele? Ele vai ligar de novo, a qualquer instante. Claro que a responsabilidade é minha também. Assumi, não; assumo. Eu te devo um monte de coisas. Não precisa fazer essa cara. Não estou cobrando. É o contrário, estou querendo pagar. Quero acertar a minha dívida com você de uma vez por todas. Nenhuma ironia. Até hoje eu nunca tinha dito nada, porque a gente tinha um acordo tácito. Ou não tinha? Ou você acha que não foi difícil pra mim também? Sou lenta. Demorei pra entender. Normal? Ou você acha que eu devia ter entendido logo que você chegou? Como, o quê? Duas pessoas fazendo o mesmo trabalho, no mesmo lugar. Não te parece estranho? Não te diz nada? Eu sei, eu sei, você veio criar a nova brigada antiterror. Mas, fora isso, você não acha que eu devia ter desconfiado quando vi a careca raspada, a barbicha ruiva? E a cara aparvalhada, olhando pra mim como se tivesse reconhecido o demônio? Meu pai sempre dizia que não se convida ruiva pra jantar. Coisa dele. Tinha as ruivas por agentes do inferno. Devia ter suas razões. Deve valer pros ruivos também, não? A verdade é que não desconfiei de nada. Não. Nada. Nem quando você se adiantou pra me interromper, quer dizer, não foi bem uma interrupção, não é?, porque eu nem tinha começado a falar. Mas você não quis pagar pra ver, preferiu não arriscar. Pelo que tinham te dito, eu suponho. Só pode ser. Ou estou errada? Me diz. Como, quando? Primeira, segunda semana? Que é que você queria que eu achasse quando me cortou a palavra, antes de eu poder abrir a boca, antes mesmo que eu pudesse reconhecer o filho da puta, tentando sair do país com a mala cheia de grana? Foi a nossa primeira ação conjunta, não foi? Lembra? Vai dizer que não sabe do que estou falando? Vai dizer que não me cortou? Que é que você queria que eu pensasse? É claro que eu só podia achar que você tinha vindo pra pegar o meu lugar. Ou me vigiar. Não! Eles tinham me dito. Tinham explicado direitinho que você estava aqui pra implantar a nova brigada antiterror. Claro. O país cresceu, a gente tem que se adaptar. Foi o que eles disseram. O país está finalmente inserido no mundo depois de séculos de isolamento. Mas bastou você me interromper ali pra eu começar a desconfiar. Você me salvou. E eu devia te agradecer. Mas como é que você pode ter pensado em me salvar se não sabia de nada? Você acha que eu não me controlei todos esses meses? Agora você me pôs numa sinuca de bico. Diz se estou errada. Me corrige, por favor. Sim, porque estou tentando entender há meses e acho que agora afinal você me deve uma explicação. Não tem? Não sabe como explicar? Bom, vou abrir o jogo, já que estamos só nós dois aqui e a moça, como é mesmo o nome dela?, a escrivã que fica aí no atendimento, Márcia, isso!, que é que eu posso fazer?, não há jeito de guardar o nome dela, também não fui eu que contratei, faz parte da brigada antiterror, claro, já que a escrivã Márcia está no cursinho — e, cá pra nós, não dá pra entender por que é que uma menina bonita e cheia de vida, formada em educação física, insiste; parece que já foi gongada três vezes, três!, e está na aula sempre nos piores momentos, quando teria mais a aprender aqui, você não acha?, na prática, sim, na prática com você, por que não? Ela disse? Culpa do quê? Das cotas? Ha! É contra as cotas? Mas é uma idiota! Ela diz que as cotas estão tirando o lugar dela? Foi isso que ela disse? E você engoliu? Com cota ou sem cota, ela não vai passar nunca, porque é branca e burra, burríssima, só serve pra ler romance. Se eu fosse branca como ela, começava desde já a defender cotas pra idiota! Diz que vai botar que é parda da próxima vez? Que ponha o que quiser, devia marcar a casinha 'burra' também, pra ver se cola, quem sabe? A casinha 'parda' e a casinha 'burra'. Nunca é demais, apesar de ser branquíssima. É sempre bom marcar bem as diferenças pra aumentar as chances. Pra garantir, não é? Nunca se sabe. Vamos ser francos um com o outro. [*Na sala ao lado, intuindo que a escuta vai ser longa, o estudante de chinês se ajeita na cadeira onde está sentado, procurando uma posição mais confortável, sempre com o ouvido colado à divisória ordinária, do mesmo tipo que divide as salas na escola de chinês,*

permitindo que os tons do mandarim, indistintos para os ociden-
tais, vazem do curso introdutório para o intermediário e do inter-
mediário para o avançado, e em sentido contrário, complicando
ainda mais a compreensão de alunos que não conseguiam distin-
guir um tom do outro antes mesmo do bruaá babélico amplificado
pela economia das instalações.] Só mais um esforço. Que foi que
eles te disseram? Veja, não estou pedindo nada de mais. Vou
abrir o jogo. A mim, disseram que você cortou uma volta nos
últimos anos, antes de vir pra cá. Também cortei uma volta, se é
que você realmente não sabe. Também sei o que é ter medo. Eu
imagino o que é um delegado em pânico. Tendo que subir todo
dia ao vigésimo segundo andar de escada, porque não entra em
elevador. Não subiu? Melhor. Foi o que me disseram. Pelo menos, aqui são só três andares. Três andares qualquer um aguenta
dentro do elevador, mesmo em pânico. Não posso mesmo. Ninguém quer imaginar. Pra mim tanto faz, mas você é um homem
inteligente. Sabe do que estou falando. Não sabe? Que é que
você acha que uma mulher como eu vai fazer na igreja? [*Na*
sala ao lado, o estudante de chinês se pergunta por um instante se
afinal todas as mulheres amam Jesus, acreditam no Espírito San-
to e frequentam igrejas ou se, no fundo, não será ele quem está
ouvindo coisas.] Como não? Vai dizer que não sabia? Ou será
que não entendeu? Porque vou repetir uma coisa: essa conversa
não vai chegar a lugar nenhum se não formos honestos um com
o outro. Não te contaram nada? Foi por acaso? Então, está explicado o espanto quando me viu na marcha com Jesus pela salvação do Brasil. Você não vai me dizer que não me viu, vai? Logo
na primeira semana. Disfarçada, claro, pra não ser reconhecida
por ninguém. Vai dizer que não estava me seguindo? Não fica
assim. Eu também te vi. E aquilo não era nada. Qual o problema? Você só me viu marchando com Jesus pela salvação do Brasil. Com Jesus é modo de dizer, claro. É claro que é estranho.

Mas era eu mesma. Sim, com Jesus. Que foi? Eu disse que era pra gente ser honesto um com o outro. Nasci pra ser desmascarada. Reconheço que o disfarce não era dos melhores, com aquele lenço na cabeça. Mas fazer o quê? Demorou umas semanas até eu entender que só podia ser você, com aquela cara aparvalhada depois de me ver no meio dos crentes, disfarçada e cantando. Eu sabia que conhecia aquela cara de algum lugar. Lenta, claro. Ali, deixa eu ver, já fazia mais de ano que eu frequentava a igreja. É. Dois anos? Você me diz. Eles não te disseram? Mesmo? Não está no relatório? Você não leu. Claro. Oi? Não existe relatório nenhum? Adiantava eu te dizer que aquela foi a minha primeira vez na marcha com Jesus? Você não acreditava, acreditava? Então. Nem eu. Inacreditável, né? Também acho. Logo eu, que antes costumava dizer que os santos saíam correndo quando eu entrava na igreja. Fui parar numa igreja sem santo. Também não tive escolha. Nessa hora, ninguém tem. Eu podia dizer que eles te acham, na rua, em casa, onde você estiver. Ninguém escapa. Têm olheiros nos piores buracos. Não adianta se esconder. Eles te acham. Eles farejam a presa à distância, reconhecem de longe quem já não consegue ficar em pé sozinho. Têm uma rede de informantes e olheiros. Gente que aparece na hora em que você mais precisa de amigos, querendo pegar amizade, sabe como é? E te leva pra lá, pra te ajudar a vencer na vida e superar. Não tem jeito. Quem não quer vencer na vida? Quem só quer se foder na vida? Mas o pior é que eu fui por conta própria. Ou melhor, no começo, fui por obrigação profissional. Não te contaram? Claro que contaram! E o relatório? Você não leu o relatório? Não é possível que eles não tenham te passado o relatório! Não tem relatório? Eu só tenho a agradecer, verdade!, porque é bem capaz que eu não estivesse aqui agora, e a gente nem se conhecesse, se não tivessem me mandado pra igreja. A serviço, claro, disfarçada, bem antes de você me ver na

63

marcha com Jesus. Que foi que eles te disseram? Que eu sou crente? Foram eles que decidiram que eu ia pra igreja, e depois decidiram que eu vinha pra cá, pro aeroporto, pra me afastar da igreja, depois da merda que eu fiz. Engraçado, tinha certeza que você sabia! Veja só como a gente se engana. E se eu te disser que tem uma hora que não dá pra continuar sem Deus? Mesmo não acreditando. Eu gosto como os americanos dizem: *Copy?* Nunca viu polícia em filme americano? Dizem no rádio, no walkie--talkie. *Copy?* Mas sabe do que estou falando? Ficava ruim eu dizer *copy* aqui entre a gente? Ficava ridículo, né? E se eu te dissesse que me deram a delegacia aqui no aeroporto como cobertura pra investigação que eu estava fazendo na igreja, você acreditava? Pra me tirar de lá, claro, pra me proteger. E pra me testar. Oi? Porque não deu certo. Sob suspeita. Jurava que você sabia. Mas, então, que foi que eles te disseram? Jurava que tinham te contado. É difícil investigar uma pessoa sem saber nada dela, não? Operação secreta. Bom, pelo menos isso. E não disseram que eu fodi com a operação secreta? Claro que disseram. Afinal, que é que você veio fazer aqui se não foi me investigar? E quem é que acredita nessa patacoada de brigada antiterror? Fodi. Que é que você queria? É claro que fodi, tanto que o pastor continua lá. Na igreja. E eu também. É! Eu! Também acho estranho. Vai insistir que não me viu na marcha com Jesus, disfarçada? Vai dizer que não era você? Não foi por acaso que te botaram atrás de mim. A gente tem um negócio em comum. Você não diz nada. No começo, eu também me perguntava. É. Quando a operação deu errado. E de tanto perguntar acabei chegando a uma conclusão. Quer dizer, com a ajuda do psicólogo. Daqui, claro. Psicólogo contratado pela polícia. Fizeram uma batelada de testes comigo. Vai dizer que também não está sabendo? E sabe o que descobriram? Se continuei a frequentar a igreja depois de foder com a operação, e depois de ter sido desmascarada, é porque só tenho prazer quando há risco envolvido. Não te parece lógico? Foi o que ele disse. Gênio. E então? Resolveu? Oi? O problema da compreensão. Não resolveu? Quem sabe você comece a entender agora. Estranho você não ter lido o relatório. Não tem? Então, não foi o que te disseram? Que eu tenho prazer quando há risco envolvido? Não? Fiz um monte de testes com o psicólogo. É claro que te disseram. Quando eu ainda estava na igreja a serviço da polícia, comandando a operação secreta, um dia uma mulher me disse: Eu sei o que você veio fazer aqui. E, por um instante, eu até achei que tinha sido desmascarada. Até ela dizer: Eu conheço o seu tipo. E eu pensei: ela vai dizer que eu sou da polícia, que estou aqui investigando o pastor, vai me entregar. Mas ela disse: Você enganou seu marido. Vive no pecado. E eu tive que me controlar pra não rir na frente dela. Eu estava ali a trabalho. E olha que não era difícil ela acertar, porque estava na cara que eu não acreditava em nada, mas ela foi logo chutar o que só não podia acontecer comigo, o que devia acontecer com mais de uma ali dentro, e com ela mesma, mas comigo não. Quem me dera viver no pecado. Ela não tinha noção do tamanho do meu pecado. E você? Achou que eu tinha ficado na igreja pra me salvar, quando me viu na marcha com Jesus? Não importa. Você não abriu a boca. E eu só tenho a te agradecer. Achou que eu era crente de verdade? Ou foi por respeito? Inacreditável. Lamento te decepcionar mais uma vez. Mas você sabia que eu fui parar na igreja, investigando o pastor sob suspeita de falsidade ideológica, formação de quadrilha, contrabando, corrupção ativa e passiva, não sabia? Não precisa dizer nada. É claro que não podia ser coincidência, você parado na marcha com Jesus. É claro que foi confirmar o que tinha ouvido, que era eu mesma. Porque, senão, como é que explica aquela cara de espanto? Não? Você é do tipo que só acredita vendo. Que é que você queria? Digamos que eu tenha me enganado. Não era você.

Tudo bem, não era você. O difícil é entender o que eu continuei fazendo na igreja depois de foder com a investigação se não foi pra foder comigo também, não é? Sem querer, claro, o psicólogo disse que é sempre sem querer que a gente fode com o que está fazendo. Então me diz, já que não leu o relatório — e já que não existe relatório: que é que você acha que eu continuei fazendo lá? Você concorda com o psicólogo? Que foi que eles te disseram? Eu também me pergunto como é que ainda me deixam aqui. Todo dia faço a mesma pergunta. Oi? Você tem um vocabulário engraçado! Minha avó falava assim. E quem é que não está sob efeito de psicotrópicos hoje em dia? Mas que cara é essa? Ficou, sim. Mortificado! Vai dizer de novo que não sabia? Desconfiava, talvez? Deve ter ouvido por aí, como todo mundo. Eu disse que ia abrir o jogo e espero que você faça o mesmo. Só não me venha com piedade. Porque a gente chegou a um limite. Ou não? Que mais você quer saber? Nunca mais vou parar de tomar psicotrópico. Não há vida pra mim sem psicotrópico. E se você está aqui, me investigando, além de comandar a nova brigada antiterror, claro, é porque eles não podem simplesmente me mandar embora antes de comprovar que eu cometi um erro grave. Antes de ficar comprovado que eu não tenho mais condições de trabalhar aqui. Ou você não tinha entendido? Acha que eu não sei? Acha que sou a escrivã Márcia? Você queria que eu dissesse que foi Jesus que me salvou? Jesus e o que eu ouvi na igreja, quando já estava no fundo do buraco, depois de foder com a operação, pronta pra ouvir qualquer coisa e acreditar, me agarrando a qualquer pedaço de pau, como crente ao pé da cruz, me debatendo pra sobreviver? Era o que você queria ouvir, não é? Mas eu não continuei a frequentar a igreja porque virei crente. Não, não, não. Você devia ler o relatório. É interessantíssimo. Não existe? E onde foi que o psicólogo enfiou as conclusões dele? Também não me converti à religião dos bandidos, como talvez você tenha ouvido. Nem que eu quisesse. Não estou pronta pra acreditar em nada. Só posso falar por mim. Eu podia te dizer que só vai pra igreja quem não acredita em mais nada. E você acreditava? Como é possível alguém dizer: 'Vamos dar as mãos e cantar pra Jesus', se ainda acredita em alguma coisa? Só quem não acredita em mais nada. Eu repito o que me dizem, imito o que vejo e saio da igreja cheia de vida, como a escrivã Márcia depois de ler um romance. Cheia das boas pessoas, dos bons sentimentos e das boas intenções. Desculpe. O pastor diz que a gente não deve julgar o que não conhece. O mesmo pastor que ficou menos de cinco horas no xadrez. É! Menos de cinco horas! Por ordens superiores. Porque a lei mudou. Não te disseram? A mim também não. Não foi só o país que mudou. Menos de cinco horas, sim. Recorde. Eu sou a mulher que conseguiu manter preso por menos tempo um suspeito de formação de quadrilha, lavagem de dinheiro, tráfico e contrabando. Porque a lei mudou. Não dá mais prisão preventiva sem provas. [*O estudante de chinês olha as horas no relógio de pulso.*] E porque fiz um trabalho porco. Vai dizer que não te disseram? Vai dizer que não te disseram que fiquei sob suspeita, porque, depois de fazer um trabalho porco e foder com a operação, ainda continuei na igreja? Quem? É claro que o pastor sabe quem eu sou. Todo mundo sabe. Continuei na igreja mesmo depois de foder com a operação. E como até agora não conseguiram provar nada, tiveram que buscar outra explicação. Oi? Pra me humilhar. O psicólogo explicou. Está no relatório que não existe. Não estou sendo irônica. Estou repetindo o que você diz. E quer pior humilhação? É claro que o pastor pode se vingar. E por que você acha que eu continuo lá? Tem que estar no relatório. Estou esperando o dia da vingança. Dele, claro. Estou esperando o dia do meu sacrifício público. Eu podia jurar que você tinha lido o relatório. Podia jurar que você sabia até onde eu sou capaz de ir pelo prazer que os outros têm vergonha de confessar. Que espanto é esse? Não sabia? Não conversou com o psicólogo? O relatório esclarece tudo. Porque antes ninguém entendia como é que eu podia ter fodido com a operação. Meses à paisana, na igreja, investigando, e em menos de cinco horas tudo estava destruído. O relatório que você não leu diz que, se me deixarem, vou procurar a felicidade onde ninguém imagina. No lixo. Você não leu mesmo? Qual a diferença? Prazer, felicidade, tanto faz. O corpo não é a fonte da imaginação e do prazer? Não emite a voz e produz hormônio? Então? Não foi o que te disseram? Também não li. Também não sei se existe. Me disseram. Mas, como investigador, você está realmente mal informado. Aliás, você viu que não existe imaginação? É. Não existe. Só memória. Ouvi no rádio, vindo pra cá. Os cientistas. Em algum centro de excelência bem longe daqui. Se tivessem descoberto aqui, ninguém acreditava. Não leu sobre a epidemia de fraudes nas revistas científicas? Não? Internacionais, sim, senhor. Fraude, erro, plágio, reprodução. Em vinte anos, passaram de uma dezena a mais de quatrocentas por ano. Artigos falsos, falsas descobertas. E todo mundo acredita. Pois agora descobriram que a imaginação não existe. Eu já sabia, porque só repito. E, de mais a mais, pra que servia a imaginação? Eu tento imitar, mas não sinto como os outros, não me emociono. Não é por não querer. Tem que estar no relatório. O psicólogo. Nunca li um romance até o fim. Não me diz nada. Tem que ter bons sentimentos pra ler romance, pra se identificar com os personagens. Como a escrivã Márcia, quando está na recepção. Nenhum, nem bom nem mau. Não sinto nada. Imitação de Cristo. Meu lugar é na igreja. Faço como os outros. Reproduzo. Pra passar despercebida. O psicólogo. A única coisa que eu sinto é prazer, ou felicidade, tanto faz, quando sou humilhada. Não precisa fazer essa cara. Não sou eu que estou dizendo. Ele é que disse. Tem que estar no relatório. Não me conformo de você não ter lido. Claro que existe. Se fosse no tempo do meu pai, que Deus o tenha, me chamavam de frígida. É. Pelo relatório, se meu pai me chamasse de frígida, eu gozava. Porque só me emociono humilhada. Quando cospem em mim, quando me fodem. Que cara é essa? Vergonha de quê? Não? Melhor. Não parece? Você não tinha notado? Eu imito. Não sou personagem de romance. Não disse, mas pensou. Não, o psicólogo não disse que eu sou histérica. Disse outras coisas. Disse que me entreguei à igreja como antes tinha me entregado aos clubes de encontros. Com a mesma veemência. Que cara é essa? Vai dizer que também não ouviu? Não imaginava? É o que eles dizem, que a imaginação não existe. É lógico que te falaram dos clubes de encontros. Com a mesma dedicação objetiva e fria. Eu podia ter sido tesoureira de um clube de encontros. Como o meu pai. Você queria que eu dissesse amor? Não, sexo. Sexo e igreja. Não tem nada de incompatível. Não tenho amor nem imaginação. E mesmo assim estou cansada de perder. Você acredita? Exausta. E você? Não se cansa de perder? Você é como eu? Você acha? Não adianta. Vamos ter que esperar. Ele vai ligar a qualquer momento. Enquanto isso, me diz uma coisa: que é que você deve a ele? Falando sério. Qual é a sua relação com ele? É óbvio que estou sob efeito de psicotrópicos. Eu podia dizer, contrariando o psicólogo, que me submeti à igreja pra não ter uma recaída. E que lá eu encontrei tudo o que precisava, sem risco. Grupo de apoio, cerâmica, aula de batique, fitness. Onde os outros buscam família, trabalho e proteção. Mas não. Ele disse que eu preciso correr risco. Gênio. Aqui também, venho correr o risco de ser descoberta. É, uma coisa está ligada à outra. Porque é excitante, percebe? Inconscientemente, claro. Quer maior risco de humilhação? Não tem pior queda que a da autoridade. Não tem. Você acha o quê? Acha que é suicídio? Mesmo? Não é assim que eu vejo. Você acredita que fui parar na marcha com Jesus pela salvação do Brasil porque queria me matar? Seguindo os passos de Cristo, que se humilhou e se fodeu pelos homens que me foderam e me humilharam nos clubes de encontros, pro meu próprio prazer? É sempre pelo próprio prazer. É o que diz o psicólogo. Não li, mas me disseram. Podia até usar esse relatório pra me justificar, se no final resolverem me denunciar por leniência com o crime. Vai saber. Quer maior vitória pro pastor do que não dizer nada quando vê no meio dos crentes aquela que manteve ele preso por menos de cinco horas, agora orando com ele, repetindo o que ele diz, acompanhando a marcha com Jesus? Que tal? Eu vou lá pra me pôr nas mãos do pastor, sem saber quando é que ele vai me denunciar, me jogar aos crentes, como os crentes aos leões no tempo de Jesus. Vou à igreja pra me humilhar e pra correr o risco de ser linchada. Esperando o dia em que o pastor vai apontar pra mim e dizer: 'O demônio está entre nós'. Quer maior humilhação do que a espera? Eu podia dizer que estou lá pra tentar entender como é que eu fodi com tudo. E pra pagar pelo erro. Não sou arrogante a ponto de pensar que os crentes à minha volta acreditam mais que eu. Ninguém tem o direito de chamar os outros de burro — bom, a escrivã Márcia é covardia. Tem que começar sendo burro que nem os outros. Se rebaixando. Tem que descer e se ajoelhar. Ritual, pra mim, é isso: sobreviver em sociedade. Tem que se igualar, compartilhar, reproduzir. Não? Agora não é tudo coletivo? Todo mundo não faz a mesma coisa? E se todo mundo é crente... Achei que você já tivesse pensado nisso. Eu penso todos os dias. Ritual serve pra te convencer de que você não está sozinho. Não é melhor acreditar e pertencer? Quem vai ligar pro que eu penso ou você, sozinhos? Pense bem. Quem vai ligar daqui a dez, vinte anos, quando o país inteiro for só um amontoado de igrejas, disputando espaço a tapa umas com as outras? Daqui a vinte anos, é possível que o que a gente pensa nem seja mais pensamento.

Então, não é melhor parar de pensar logo e começar a orar pra que os psicotrópicos — não é assim que você diz? — continuem fazendo efeito? Pela força da palavra coletiva. Antes de começar a tomar os psicotrópicos, achei que estava ficando louca, e foi só por isso que eu pensei que, nessas horas, o melhor — e é o que os loucos em geral não fazem — é ficar calada. É. Não dizer mais nada. Você acha o quê? Que eu não sei disfarçar? É isso mesmo. É o problema da hipocrisia. Você diz uma coisa aqui e faz o contrário ali. E tem que acreditar que está fazendo a mesma coisa. Não é pra discutir. Tem grupo de apoio pra ajudar. Tem que acreditar no poder da palavra coletiva. Tem que acreditar que o que você diz é o que você faz. Eu te pergunto: que é que toda essa gente vai fazer com Deus se não é pra resolver o problema da hipocrisia? Me diz. Eu olho pros lados, na igreja, na marcha com Jesus, e penso: que é que eles vão fazer com Deus? Posso responder por mim. Sério? Cínica? Sabia que você ia dizer isso. Não disse, mas pensou. Ainda está se perguntando o que vou fazer na igreja se não acredito em nada? É porque não leu o relatório. Se tivesse lido, sabia que vou lá repetir, reproduzir. Enquanto espero a vingança do pastor. Ou o que é que você acha? Que foi que eles te disseram? Me diz por que é que você acha que eu vim parar aqui. Antes da igreja. Porque eu achava que aqui podia me salvar, que aqui estava protegida? É isso que você acha? Engraçado. Eu também achava. Mas é o contrário. Pergunte pro psicólogo. Parece que vim pra me foder. Aonde eu vou é sempre pra me foder. Só a humilhação me faz gozar. Não precisa ficar assim. Está no relatório e você vai ter que se servir dele quando quiser me pôr daqui pra fora. Vai dizer que não sabe do que eu estou falando? Engraçado. Eu jurava. E sabe o quê? Está aí a prova de que a imaginação não existe. Basta eu abrir a boca pra você cair estatelado. Eu disse que ia ser franca. Estou esperando o mesmo de você. Sabe o que o psicólogo me disse? Que o meu prazer aumenta com o risco de ser desmascarada na frente dos subordinados, aos quais dou ordens todos os dias, desmascarada e humilhada pelos que me dão ordens fora daqui. Eu também tenho muito a te agradecer. Mesmo! Mas reconheço que fiquei te devendo uma explicação. Eu podia repetir que é por prazer que eu me submeto fora daqui a gente que devia estar atrás das grades. E que eu deveria prender, se pudesse. Mas que antes tenho que me pôr na mão deles, sentir o que é estar abaixo deles, depender deles, ser pior do que eles, pra depois, imobilizada, me fodendo sempre mais um pouco, viver o pesadelo de um dia reencontrar essa gente que me conhece como ninguém fora daqui, reencontrar essa gente aqui dentro, na posição inversa, onde eu é que devo mandar, algemar e prender. E, se eu acreditasse nisso, se fosse crente, podia te confirmar que tenho prazer quando estou com as mãos atadas. Não era isso que você queria ouvir? Não leu, muito bem. Não existe nenhum relatório. Mas, se eu te confirmasse, você acreditava? É um risco que leva o prazer até o limite da imaginação, percebe?, a imaginação que não existe, segundo os cientistas, e eles estão certos. O psicólogo me disse. Todo prazer é expectativa do que você já conhece. O prazer acaba na hora que você quebra a cara, assim que te pegam em flagrante, mas aumenta com o risco do flagrante. Paradoxal, né? Ele me disse que tiro prazer do risco de perder o prazer e ser desmascarada. Só me dá prazer o que posso perder de uma hora pra outra. Ele disse que é humano. Não é assim com você? Então, deve haver outra razão pra você estar aqui, é claro, pra também querer mandar e prender, além de dirigir a nova brigada antiterror — e me investigar. Porque você é inocente. Está na cara. Você me diz. Você estragou a minha apoteose. Eu podia ter perdido tudo. Não perdi por um triz, porque você estava ao meu lado e se adiantou. Não foi isso? Você me interrompeu antes de eu pôr tudo a perder. O quê? Primeira semana? Segunda? Agora, como é que você podia saber, se não tinha lido relatório nenhum? E se ninguém tinha te dito nada? Se nem me conhecia? Se fosse pra repetir as palavras do pastor, eu podia dizer que foi Jesus que te mandou pra me salvar, em vez de dizer que você estragou a minha apoteose ou que veio me investigar. E você acreditava? Você estava aqui fazia o quê, duas semanas? Por favor! Para com isso! Diz alguma coisa. Estou te encarando e pedindo pra você me encarar. Melhor assim. Vai dizer o quê? Que me viu paralisada? Que me viu perder a voz? Vai dizer que sabia muito bem o que estava acontecendo quando me desacatou na frente de todo mundo, do irmão do pastor com a mala cheia de grana, na frente dos agentes e dos guardas? E ainda vai dizer que não se lembra de ter me visto na marcha com Jesus pela salvação do Brasil? Vai dizer que não veio me tirar daqui antes que eu foda com outras investigações? Me diz se estou errada. Você sabe muito bem do que estou falando. Eu não entendi ali, na hora, quando você começou a falar antes de eu poder abrir a boca, antes mesmo de eu poder reconhecer o irmão do pastor. Ou não? Me diz. Vai dizer que não te disseram? Mas que é que eu podia fazer? A humilhação só tem um antídoto. E é uma humilhação maior. O próprio psicólogo. Agora, como é que você sabia disso se nem leu o relatório? Por experiência própria? E olha que você estava aqui fazia o quê, duas semanas? Nem isso? Mas viu melhor do que ninguém. Entendeu melhor do que ninguém. Melhor até do que o psicólogo. Como se tivesse sido brifado. Não foi. Não leu. Muito bem. Vai continuar dizendo que não existe relatório nenhum? Que estou louca, claro. Que estou imaginando. Que são os psicotrópicos. De onde você tira esse vocabulário? E olha que, por um instante, eu até achei que podia dar certo entre a gente. E que afinal eu ia ter alguém pra me humilhar aqui dentro também. Não ia mais precisar de humilhação nem em clube de encontros nem em igreja. Porque você me humilhou como não se humilha uma estagiária. Nem a escrivã Márcia, quando está no atendimento, nem a imbecil da escrivã Márcia você teria coragem de humilhar daquele jeito. Eu podia dizer que você estragou a minha apoteose. Ou a minha queda, tanto faz. Ou vai retrucar que, no fundo, interrompeu a minha queda porque era suicídio? É isso que você está pensando? Que agiu por bem, pra me salvar — e que eu devia te agradecer? Estou te agradecendo! É incrível que não tenha passado pela cabeça de mais ninguém, só pela sua, que, por uma coincidência infeliz, eu pudesse estar nas mãos de um homem preso em flagrante, tentando sair do país com as malas entupidas de dinheiro. De onde você tirou isso? Só você, só você, que tinha acabado de chegar, e que nunca tinha me visto mais gorda, e que não tinha lido relatório nenhum, só você entendeu que eu precisava de ajuda quando dei de cara com o filho da puta do irmão do pastor. E não é estranho? Como é que você podia saber se não te disseram nada? Se não tinha lido relatório nenhum? Como é que você explica? [*Na sala ao lado, com o ouvido colado à divisória, o estudante de chinês imagina a cena: um homem está sentado numa cadeira, escoltado por dois policiais, no centro de uma sala sem janelas, como a sala onde agora está sentado o próprio estudante de chinês. Há outros policiais na sala onde ele imagina o preso, sentado numa cadeira idêntica à cadeira onde agora ele está sentado, e, entre esses policiais, está o homem que tirou o estudante de chinês da fila do check-in e que agora conversa com a delegada na sala ao lado, embora suas respostas sejam inaudíveis para o estudante de chinês, que as imagina, assim como também imagina a cena: a delegada entra por uma porta no fundo, vê o preso de costas, atravessa a sala. E só quando o encara e o reconhece — quando o preso levanta a cabeça e sorri —, antes de começar o interrogatório, é que ela entende que está perdida e perde a voz antes mesmo de ele poder desafiá-la com o que teria a dizer. Não é preciso que nin-*

guém diga nada para que o homem que tirou o estudante de chinês da fila do check-in e que agora conversa com a delegada na sala ao lado, embora suas respostas sejam inaudíveis para o estudante de chinês, entenda o que está em jogo quando a delegada perde a voz. E, para surpresa de todos, assuma o interrogatório com mão firme, desautorizando a delegada, passando por cima dela antes que o preso possa fazê-lo, antes de alguém poder abrir a boca. Todos estão demasiado perplexos para manifestar o que quer que seja, paralisados, como o preso, cuja presunção não permitiu que concebesse um plano B no caso de uma eventualidade tão implausível quanto essa. Só a delegada, desautorizada pelo colega, não está atônita. Está ausente, em choque, ou, talvez, aliviada.] Você me tratou como se eu fosse incapaz de manter um interrogatório por conta própria. Achou que eu estava nas mãos daquele homem. Eu podia dizer que você é um cara sensível e perspicaz. Você diz que não me viu na marcha com Jesus pela salvação do Brasil. Diz que não leu nenhum relatório de psicólogo nenhum. Que não ouviu nada sobre mim. Põe impressionante nisso! Eu podia ter te agradecido na hora. Podia dizer que só não agradeci na hora porque achei que não teria a mesma elegância. E que você não esperasse outra coisa além da advertência e da punição que aquele comportamento merecia em circunstâncias normais. É verdade que não eram circunstâncias normais. Então, quero aproveitar pra enfim te agradecer, com meses de atraso, pela presença de espírito, pela fantástica intuição contra todo bom senso e por ter posto o seu lugar em risco aqui dentro, você, que acabava de chegar, logo na primeira semana, segunda?, em confronto direto comigo. Pra me salvar. Com o pretexto de me salvar, é isso? Porque, se eu fosse inocente, era a última coisa que eu precisava. Não é isso que você quer dizer? Eles podiam ter te contado, mas você deduziu, sem ninguém ter dito nada e sem ter lido nada, que eu só podia ser do tipo que tem telhado de vidro, não é? Deduziu porque é um homem perspicaz, não me viu na marcha com Jesus nem leu relatório nenhum nem ouviu nada de ninguém. E não veio pra me investigar. Ótimo. Uma mulher como eu, que não acredita em mais nada, só pode estar na marcha com Jesus por desespero de causa. Porque está perdida. Eles não te disseram? Não passo o dia lendo romances, como a escrivã Márcia quando está no atendimento. Não tenho imaginação. Mas parece que você foi o único a notar que eu não leio romances. Digamos que eu tivesse ficado te devendo esse favor. Achei que acertava a conta concordando com a transferência do agente, ignorando o histórico dele. Achei que estivéssemos quites. Mas me enganei. Ainda não paguei o que eu devo, não é? Ainda estou em débito, é isso? Eu queria dizer que afinal chegou a hora de retribuir, de uma vez por todas, o que você me deu. E, em contrapartida, não estou pedindo nada além de reciprocidade. Me diz, então: por que você trouxe esse agente pra cá? Qual é a sua relação com ele? O que é que você deve a ele? Eu me abri com você, agora é você que está me devendo uma explicação. Porque você me pôs numa sinuca de bico. Concorda? E, se não é pra me derrubar de vez, então me diz como é que ele pretende salvar essa moça. Não, por favor, me diz! Salvar do quê? Foi o que ele disse no telefone. Porque, se eu fosse inocente, como ele diz que ela é, a última coisa que eu ia querer na vida era ser salva. Como é que ele vai provar agora que ela não estava levando nada? Se era isso mesmo que ele queria provar, o imbecil, quando desapareceu com ela? É sempre assim. A gente fode com tudo o que quer salvar. Ele fodeu com a japonesa! Chinesa, tailandesa, libanesa, albanesa, francesa, qual a diferença? Sim. E daí? Eu quero essa mulher de volta! Ele não pode desaparecer assim, com uma suspeita de tráfico de entorpecentes, e depois simplesmente dizer que ela é inocente. Como é que fica? Ninguém está aqui pra fazer caridade. Nem com a idiota da escrivã Márcia! Tráfico de entorpecentes. E, ainda por cima, com uma criança! Como se não bastasse, ainda viaja com uma menor! Esse país é um celeiro de histórias anônimas, de gente que te aborda na rua pra contar as coisas mais estapafúrdias com o pretexto de pedir, estão sempre contando e pedindo, e no final das contas todas essas histórias terminam mal, todas têm o mesmo fim. São logros, e a vítima é sempre quem ouve, quem perde tempo escutando, quem saiu de casa pra viver um milagre, o milagre do mundo, como quem sai de casa todos os dias achando que vai se apaixonar! Eu seria a vítima perfeita. Se, pra ser enganada, não tivesse que ouvir antes. E acreditar. Porque, pra ser enganada, tem que acreditar antes. É verdade que eu preciso ser humilhada. Não é o que diz o psicólogo? Mas tem que ser rápido. Não tenho paciência. Não leio romances. Não tenho sentimento. Que é que você acha que eu fui buscar na igreja? Veja bem, antes de falar. Não peço nada além do que eu te dei. Não leio romance, não passo a vida fora da realidade, sendo gongada em prova pra faculdade de direito, como a sua queridinha. Você acha que fui sincera com você? Você acha que uma pessoa que não acredita em mais nada sai na marcha com Jesus? Acredita? Acredita que uma pessoa que não acredita em mais nada vai parar na igreja? Só pra ser humilhada? Pois vou te dizer uma coisa: o crente aqui é você. Não gozo quando sou humilhada. O psicólogo disse. Eu, não. Aliás, há anos não sei o que é gozar. Você acredita? Acha essa versão menos verossímil do que aquela outra patacoada de sexo e humilhação que você engoliu com a mesma cara aparvalhada de quem acredita na primeira coisa que ouve ou lê, dizendo que não sabe de relatório nenhum? Não é mais verossímil uma mulher que não acredita em nada continuar lá por teimosia, por orgulho ou por burrice, dá no mesmo, pra tentar terminar o que começou? Me diz. Eu podia te dizer que tudo o que eu faço na vida é por burrice, e por orgulho, claro, porque não sinto nada, não vivo de verdade, não tenho vida pessoal, não sou personagem de romance. E se eu te dissesse que também fui parar nos clubes de encontros a trabalho, investigando, você acreditava? Não está no relatório? Então, você leu? Não leu? Não acredita? Por quê? Não bate com o que eles te disseram? Não disseram nada. Tudo bem. Agora, tudo isso é passado. Só me falta entender uma coisa: o que é que você deve a ele? Ele disse que era pra eu perguntar pra você. Disse. Oi? Sei lá! Por que não pergunta pra ele quando ele ligar? Deve ter alguma razão pra ter ligado pra mim e não pra você, não? Ele disse que, no presídio que você vê da estrada — lógico que sabe!, que caminho você faz quando volta pra casa?, então! —, os presos estão pendurados nas grades das celas, do lado de fora, agarrados às grades das janelas das celas, sentados nas grades com os pés descalços pendurados pra fora das janelas, porque não podem ficar dentro das celas, porque não dá pra respirar, por causa do calor. Não sei o que vai ser se continuar esquentando. Ele disse que tiraram o outdoor da modelo nua que ficava ao lado do presídio. É, nua. O outdoor que ficava na estrada, bem na cara dos presos. Não? Bom, praticamente nua. Calcinha e sutiã, pra preso dá no mesmo. O fato é que não está mais lá. O maior silêncio. Ele disse que sem o outdoor está o maior silêncio. Dá pra ver da estrada. Disse que os que estão do lado de fora, sentados nas grades das janelas, debaixo do sol — um único preso aboletado do lado de fora de cada janela —, têm que ser os mais fortes, só podem ser os mais fortes, enquanto os mais fracos se amontoam dentro das celas, atrás dos que estão nas janelas, e tentam respirar como podem, sufocados pelo calor e pela superlotação. Mas você entende o que ele está querendo dizer? Não? Ele está dizendo que não vai entregar a japonesa. Chinesa! É isso que ele está querendo dizer quando diz que passou pelo presídio superlotado. E quando diz que está tudo calado debaixo do sol de quarenta graus. Deve estar fazendo cinquenta graus dentro das celas. Os presos estão calados. Os mais fracos, atrás, sufocando, espremidos, e os mais fortes, empoleirados nas grades do lado de fora das janelas das celas, um em cada janela, também estão calados. O mundo está calado. Você entende? E ele está dizendo que não vai entregar a chinesa. É isso que ele está querendo dizer. Ele quer negociar. Como, pra onde? Pra cidade! Ele foi pra cidade! Só você? Faz meia hora. No trânsito. Estão parados no meio do engarrafamento. Desligou o GPS. Como, qual engarrafamento? Em qual planeta você está? A filha do cantor sertanejo pariu hoje. Como não sabia? Todo mundo sabe! A cidade inteira está parada. Que caminho você fez pra chegar aqui? Pariu, sim! Sei lá, a filha de um dos cantores. Uma das filhas. A dupla sertaneja, como é mesmo?, a dos nomes russos... Isso. É claro que é russo. Você achava que era o quê? E foi lá que ele se enfiou, onde a menina pariu. Pra negociar, claro. Com a gente! Não, no hospital. A menina pariu no hospital. Ele está no meio do trânsito, com a japonesa, chinesa, tanto faz. Vou ter que repetir? A cidade está parada. A população convergiu para o hospital, em romaria. A pé, de carro, sei lá. Mas, afinal, você não ouve rádio? Não vê televisão? Não sabe que a gravidez da menina foi supercomplicada? Ela quase perde a criança. Um milagre. Oi? É, prematuro. Menino. E como é que eu vou saber? Neto da dupla sertaneja. É claro que é de um ou do outro. Dos dois é que não podia ser. Claro que não são gays! Que diferença faz de qual dos dois é o neto? O importante é que ela pariu hoje e eles estão no meio do engarrafamento. Ele, a japonesa e a criança. Chinesa. De propósito, é óbvio. Saudável, acho que é saudável. Prematuro, mas saudável. E não é pra menos. Tem gente rezando nas ruas, ajoelhada nas calçadas em volta do hospital. Não precisa me dizer. Ou você não entendeu? Vou repetir. No meio do engarrafamento. Ele se enfiou bem no meio do trânsito em homenagem ao nascimento do neto da dupla sertaneja. Não precisa se interessar por música. Estão ajoelhados. Rico e pobre. Como no Carnaval. Aqui todo mundo faz a mesma coisa. Rico, pobre. A mesma mentalidade. Rico acusa pobre de porco, de construir favela de frente pro mar, de jogar o próprio lixo pela janela, do lado de casa. E rico faz o quê? Constrói shopping e condomínio na beira do esgoto. Ciclovia na beira do esgoto. Puxadinho na cobertura pra pôr piscina, sauna, ar-condicionado, na beira do esgoto. Na laje. Rico paga milhões pra viver com vista do próprio esgoto. Ninguém consegue ficar longe do próprio esgoto. E isso é bom? É ótimo! Porque mostra a integração. No fundo, estamos todos integrados, ricos e pobres, não tem diferença, ajoelhados pelo neto do... como é mesmo o nome? Confundo nome russo. Nome russo é dificílimo. Começou aí meu trauma com romance. Não é? Como não é russo? E é o quê? Helicóptero? E pousar onde? Em cima dos carros? Na cabeça dos crentes? Até baixarem num heliponto qualquer e descerem de elevador até a rua, ele já sumiu com a chinesa e a criança. O que a gente precisava é de via expressa pra viatura, em vez de calçada! Pra que calçada se pedestre não sabe usar? Olha só o que acontece quando dá calçada pra essa gente! Eles se ajoelham! Espaço público aqui é prédio abandonado e ocupado. Cada povo com a sua cara. Não adianta querer mudar, imitar chinês, inglês, americano. Cada um com a sua identidade. Não é assim? Se não dá pra ter calçada, por que é que insistem? Não é assim? Olha só no que dá esse bando de gente ajoelhada na calçada em frente do hospital, orando pelo neto dos cantores russos. Nome russo. Cada lugar tem a sua cara. Não dá pra passar. O pessoal ajoelha. Agora, ele está no meio do engarrafamento com a chinesa. Claro que não tem nada nas malas. Você não me disse que ele é um cara de palavra? Então? E não sabe o que deu nele? Pra falar a verdade, não sei o que deu em mim quando concordei com aquela porcaria de remoção por permuta. Um agente por outro, pra fazer a sua vontade, claro. Porque você queria ele aqui e veio pra me investigar! Por que mais seria? Você não me deixou nenhuma escolha. Claro, psicotrópicos. Não estou dizendo que estou arrependida. Estou dizendo que eu devia estar louca. Não foi isso que te disseram também? Não foi o que você leu no relatório? Oi? Que sou louca? Me diz, então, que é que você tem com ele. Por que quis trazer ele pra cá? Cara de palavra? O.k. E o que é que ele pode estar planejando, com uma chinesa, uma criança e um carregamento de cocaína? Me diz. Vamos tentar imaginar juntos. Ah, sim, é claro que só pode ser pro bem. É um cara do bem. Não faço a menor ideia. Você também não faz a menor ideia? Ótimo. Ele diz que você faz. Disse. E disse mais. Disse que você sabe perfeitamente. É, perfeitamente. Disse que você pode me dar uma resposta. Oi? Boi de piranha? É lógico que eu sei o que é boi de piranha! É lógico que é boi de piranha. E daí? Eu sei que não é nosso problema! Ele diz que é. Ele diz que você sabe, sim. Que foi testemunha. Como assim, que história é essa? Eu é que pergunto. Há dois meses. Foi o que ele disse. Há mais ou menos dois meses. Terça, à tarde, que é quando ele substitui a escrivã Márcia, sua queridinha, na recepção. Correto. Disse. Há dois meses, numa terça-feira como hoje, quando sua amiga aí da frente, quem?, vai dizer que não é sua amiga?, então, quando a escrivã Márcia tem curso, terça à tarde, não é ele quem fica no atendimento? Ou não fica? Não foi você quem mandou ele ficar na recepção enquanto a escrivã Márcia está na aula? Não era ele quem estava hoje na recepção? Já disse que não tenho nada contra ela. Não estou insinuando nada. Imagine! Só faltava essa. Da escrivã Márcia? De você!? Eu? Você perdeu a cabeça? Concordo que não é a função dela. Aliás, nem dele, quando ela está no cursinho. E você queria o quê? É claro que foi por corte de orçamento. Já que você não é passível de demissão, por exemplo. Não, me diz, por favor! Acho que é a hora, sim. Claro, só você e ele na terça à tarde. Então, ele tinha que ficar no lugar da escrivã Márcia. Ou o chefe da nova brigada antiterror quer acumular mais uma função, como recepcionista? Eu sei que ela quer entrar na faculdade de direito. Eu sei que ela tem esse direito, como todo mundo. Claro, estou sabendo. Mas querer não é poder. Na igreja, sim. E daí? Ela diz que vai fazer o vestibular este ano? É o que eu também me pergunto. Pra quê?! Já disse que não tenho nada contra ela. Se Deus quiser, vai ser só mais uma a levar bomba pela salvação da justiça brasileira. O quê? Está convencida? Diz o quê? Que é que tem a ver com o nome? Com os números? Não entendi. Certo. Disse que dessa vez ela entra? Oi? Numerologia? Ele? Claro. Concursado. É claro que eu sei. Eu vi a transferência. Claro, é um cara do bem. Faz sentido, sim, faz todo o sentido. Ele disse. Eu preciso te lembrar? Está lembrando? Melhor. Isso mesmo. Uma chinesa com uma menina há mais ou menos dois meses. Correto. Ele mandou eu perguntar. A você, claro. Está lembrando? Foi ele quem perguntou. A chinesa queria uma autorização para embarcar com a criança. Sim, a mesma. Há dois meses, mais ou menos. Pois ele disse que contou. Por coincidência, numa terça-feira também. Está lembrado? Ótimo. Melhor assim. Você não viu nada, estava na sua sala. Claro, você estava trabalhando. Você está sempre trabalhando. Veio implantar a nova brigada antiterror. Ironia nenhuma. Não quis dizer nada. Não viu, mas ele disse que te contou. Até que enfim! Também não sei como você não pensou nisso antes. A mesma. É! Voltou. Ele diz que é a mesma, sim, a mesma chinesa. É isso aí. Há dois meses, veio pedir uma autorização pra embarcar com a criança pra China. Não, não era filha dela. Queria embarcar pra China com uma criança que nem era filha dela! Ele disse que te contou, depois do expediente, quando saíram pra beber. Oi? Ele não bebe? Nunca? Bom, se você garante, mas ele te contou.

Ele diz que você sabe. Mas acredita que pode ser? Oi? Que pode ser a mesma chinesa com a mesma menina de dois meses atrás? Parece que estava desesperada há dois meses. Hoje também. Correto. Foi o que ele te disse quando saíram pra beber. Que mais ele disse? Não lembra? Ele pediu pra você fazer um esforço. Agora, no telefone. Não, não estou brincando com ninguém. Claro que o mundo está de pernas pro ar! E como é que não estaria? Um agente foge com uma suspeita de tráfico de entorpecentes, o mesmo agente que você conseguiu transferir pra cá, sabe-se lá por que meios; você jura que não está aqui pra me investigar, que não leu relatório nenhum e que o agente não tem problema nenhum, e ainda me sai com essa história de que o mundo está de pernas pro ar? De onde você tirou isso? Sinceramente! Ele quer negociar. É. Disse pra eu falar com você. Não está entendendo? Vamos recapitular? Ponto por ponto? Quem sabe assim você se lembra do que ele te disse quando saíram pra beber? Não? Há dois meses, uma chinesa apareceu com uma menina, querendo uma autorização pra levar a menor pra China, quando ele estava no lugar da escrivã Márcia, no atendimento, porque a escrivã Márcia, sua queridinha, tem cursinho terça à tarde. Até aqui, tudo bem? Não, não estou de sacanagem. Exatamente, há dois meses. Bom, mais ou menos há dois meses. E de que adianta? Ela não vai confirmar nada. Não está aí, hoje é terça, ela tem aula. Oi? Ele disse pra chinesa que não podia dar a autorização, que precisava da assinatura dos pais. Claro, no fórum. Ele disse pra ela ir até o fórum pra conseguir a autorização do juiz. Ela não sabia o que é um fórum. Nem mãe ela era. Sei lá. A filha era de outra. A maior ignorância. Disse que não podia ir a fórum nenhum e começou a chorar. Confirma? Bom, ele disse que a menina não queria largar a mão dela. Não a da escrivã Márcia! A escrivã Márcia estava na aula. Vou ter que repetir? A menina não queria largar a mão da chinesa. Agora é você que está de sacanagem? Bom, foi ele que disse. Disse pra mim também. Correto. Ele disse que você sabe. Ele já se explicou. Disse que você ia explicar o resto. Não adianta fazer essa cara. Não adianta ficar furioso. Você está entendendo que foi você mesmo quem cavou a sua cova, não está? Não foi você que trouxe ele pra cá? Bom, praticamente. E hoje? Ele disse que você podia me dizer o que aconteceu hoje. A que horas? Anônimo, claro. São sempre telefonemas anônimos. Foi ele que atendeu? Não, você atendeu. Certo. Que ela estava no cursinho, a gente já sabe. Hoje é terça. Claro. Boi de piranha. Não importa, tem que prender, tem que investigar. Ele sabia. Se possível prender todos, claro, achar quem denunciou e aquele que a denúncia pretendia encobrir, e prender todos. Você disse a ele? Qual foi a denúncia? Bom, o de sempre: que tinha mula no voo das seis pra Xangai. Claro. Quer dizer, voo para Xangai com escala em Madri, claro. Ela só ia continuar no voo pra Xangai no dia seguinte. Tinha que ser Madri! Já estou cheia de problema com espanhol. Enfim, uma chinesa com uma criança de cinco anos no voo das seis pra Madri. Claro, Xangai. Você disse pra ele te dar cobertura e pedir reforço, enquanto você ia averiguar. Não, por favor. Só queria entender direitinho, porque não foi isso que ele disse. Você foi pegar a arma na sala e quando voltou, ele já não estava na recepção? Só o tempo de olhar lá pra baixo e ver ele tirando a chinesa e a menina da fila do check-in. E aí? Estou repetindo pra tentar visualizar. Aprendi na igreja. Você vê qualquer coisa se começar a repetir. Vê e acredita. Bom, ele disse que é a mesma que saiu daqui, chorando, há dois meses, de mãos dadas com a menina. Oi? Correndo? Você voltou a correr? E a sua coluna? E a hérnia de disco? Não, não estou de sacanagem. Estou tentando ver, reproduzir a cena na minha cabeça, e está difícil. Desceu correndo. Claro, o dever. Outra mula? Na fila? Como assim, outra mula? Ah, o cidadão aí ao lado. É o quê?! Estudante de

84

chinês? [*O estudante de chinês ouve uma gargalhada, arqueia as sobrancelhas e afasta a orelha do outro lado da divisória ordinária.*] E você deixou ele sozinho? Mas pelo menos trancou a porta? O.k. Estudante de chinês! [*O estudante de chinês ouve uma nova gargalhada.*] Ai, não, desculpe, desculpe. Não sei onde é que isso vai parar. Conversando com ela? Diz que não fala chinês, que é difícil. Como? Mula também? Que é que você quer dizer com *leitor de revistas*? Boçal. Ah! Um idiota da mídia. Anta. E o que foi que ela disse quando estava sendo levada? Você não ouviu? Ouviram, certo. Ah, em chinês? E ele? Não sabe, disse que é difícil. Claro. Talvez. Talvez haja uma maneira de arrancar isso dele. Não! Em chinês, não! [*O estudante de chinês ouve outra gargalhada.*] Estou falando do agente. Ele pode perguntar à chinesa. Vai ligar de novo. Mas, afinal, que é que você deve a ele? Quem não suporta o sofrimento alheio não devia estar aqui, ainda mais trabalhando na nova brigada antiterror, você não acha? Oi? Ele vê o quê? Você não está dizendo que ele é santo, está? Não, por favor! Já basta o que tenho que ouvir na igreja, aonde vou me humilhar, segundo o psicólogo. Não está querendo convencer uma pessoa que vive na igreja de Jesus — não foi o que te disseram? — de que os santos existem, está? Ou você quer dizer que ele delira? É isso? Pois vou te dizer uma coisa: esse seu santo está me obrigando a fazer o que não quero e o que pra mim não faz nenhum sentido — e não aguento quando me obrigam a fazer o que eu não quero, apesar do que diz o psicólogo. Contraditório, você não acha? Só?! Ele sumiu com uma traficante! Até segunda ordem, é boi de piranha. Não importa. Se não fosse anônima, não tinha denúncia. O fato é que ele fodeu com a ação. Oi? É mesmo? Não tenho tanta certeza de que estamos lidando com um idiota. Aliás, transferido pra cá graças a você. Como assim, nada a ver o cu com as calças?! Tudo a ver! Tudo a ver o cu com as calças! Afinal, o que é que você deve a ele? Ele disse que era pra você fazer um esforço. Eu sei que você achou que ele era a pessoa certa pro cargo. Foi o que você me disse, pra me convencer. Como se precisasse. Também acho que ele devia estar agradecido. Sei lá por que é que está jogando isso na sua cara. E quem sou eu pra saber, se nem você sabe!? É claro, você fez a sua parte. Que mais que ele quer? Eu concordei. O que é que você está querendo dizer com *não devia*? E eu tinha escolha? Eu não disse que ele é desonesto. Também não disse que é incompetente. Mas ele tem antecedentes. Está no relatório. No meu, não; no dele. Pedi um relatório, sim. Pedi os antecedentes dele. Vai me dizer que também não sabe do relatório sobre ele? Claro que é do seu interesse! Está aqui, ó! Como, não deve nenhum favor a ele? Anos? [*O estudante de chinês, especialista em homofonias, e depois de tanto ouvir falar em cu, arqueia as sobrancelhas do outro lado da divisória ordinária, também usada para aumentar o número de salas na escola de chinês.*] Pra mim, tanto faz. Precisamos resolver isso agora. Não é nenhuma perda de tempo. Nada é perda de tempo se for pra trazer ele e a suspeita de volta, antes que essa história vaze. É ruim pra você e pra mim. Estou propondo uma trégua e um pacto entre a gente. Não estou dizendo que você está escondendo nada. É você quem está dizendo. É a sua palavra contra a dele. Ele disse que você cometeu um erro, que não foi isso que ele disse. Ele disse que não foi um negócio à toa. Discordo. Não é só um jeito de falar. Também não está querendo ganhar tempo. Ele vai ligar a qualquer instante. É um elemento na negociação. Eu disse que ia ser honesta. A gente vai ter que falar claro um com o outro. Sim, você vai ter que fazer um esforço. Eu quero a chinesa de volta. É claro que é humano cometer erros. Não, não disse mais nada. Disse que você podia explicar. É, você. Não tem? Ele disse que tem. Sim, exatamente, disse que um erro tem tudo a ver com o outro. Eu é que pergunto. Por favor!

Assim é melhor. Claro, todos nós temos que nos controlar. Só temos a ganhar nos controlando. O momento é difícil, concordo. Ele tem família. Está aqui. Uma menina de três e um menino de sete. Excelente. Ainda dá pra salvar ele. Passou por um mau pedaço. Ué? Quer que eu leia o relatório? Não, nenhum problema. Está aqui. Todos os antecedentes dele. Foi você quem quis trazer ele pra cá, não foi? Me diga se estou sonhando. Como não podia saber? Não moraram na mesma rua, na juventude? Oi? E o que são vinte anos de diferença entre vocês dois? Não conhecia a família dele? Não foi isso que você me disse. Bom, a mãe, sei lá. Certo. De qualquer jeito, as referências que você me deu contradizem o relatório. Ou sou eu que estou delirando? Eu quis acreditar em você, não tinha escolha, estava nas suas mãos. Ou não? Vai continuar dizendo que não veio me investigar? Mas moravam ou não moravam na mesma rua? Bom, os seus pais. Mas você morou com os seus pais em alguma época. Eu sei que faz tempo. Então, pelos meus cálculos aqui, ele não tinha nascido quando você saiu de lá, é isso? Mas você e a mãe dele não foram colegas de classe ou alguma coisa assim? Colegas de escola. Não? Antes dele nascer. Não foi isso que você me disse. Quer que eu te lembre? Agora, fui eu que não entendi. Estudaram ou não estudaram juntos? Quanto? Dez anos mais velha? Mas você disse que estudou na mesma escola da mãe dele. Ah, dez anos depois! Correto. Oi? Ela foi expulsa dez anos antes de você entrar na escola. Não, isso você não disse. Não disse que ela tinha sido expulsa da escola. Mas, afinal, você conhecia ou não conhecia a mãe do agente? Estamos todos nervosos. Oi? Como, louca? Louca de que tipo? Tipo eu? Quem dizia? Vamos por partes. Expulsa da escola? Como é que é? É lógico que eu sei o que é viagem de ácido. Também conheço gente que não voltou. Descalça? Anos depois, claro. Na rua. Gritando o quê? Não sabe. Já não morava lá. E o filho atrás? O filho é o agente? Vamos com calma, estamos falando da mesma pessoa? Porque isso não está aqui no relatório. Quanto? Bom, você saiu de lá com dezenove anos. Não precisa. Eu faço as contas. Ridículo ou não, anoto pra depois não me perder. O relatório não está completo. Mas se te incomodar, eu paro. Posso parar agora mesmo. Quer que eu pare? Ué? Agora você diz que é interrogatório? Mas chegou aqui achando que eu não tinha condições de fazer interrogatório. Ah, é? Então, por que é que me interrompeu? Dá no mesmo. Se veio pra me investigar, não teria sido melhor deixar que eu falasse e ver até onde eu era capaz de ir, cavando a minha própria sepultura? Você é que disse. O.k., não disse. Não veio pra me investigar. Eu é que disse que você disse. Não é a mesma coisa. Não vamos nos prender aos detalhes. Você saiu da casa dos seus pais quando entrou na faculdade. Já anotei. E o agente não tinha nascido quando você saiu de lá. Você nem sabe quando ele nasceu. Normal. Basta fazer os cálculos. Ele nasceu cinco meses depois de você ter ido embora. Claro. Por que é que um garoto de dezenove anos ia se lembrar do nascimento do filho da vizinha? Ainda mais de uma vizinha louca? Você é que disse. Não tinha dezenove? Dezoito, então. Estou fazendo as contas, sim. Olha só, eu regulo com você! Achava que fosse mais velho. Você está acabado, hein? Te incomoda que eu faça as contas? Não incomoda. Melhor. Pra não me perder. E por que é mesmo que o menino seguia a mãe descalça, gritando pela rua? Entendi. Quando ele tinha o quê? Quinze anos? Vou botar quinze só pra me localizar. Não sou burra. Entendi. Ela é que gritava. O menino não gritava. Entendi. Ele não é louco — bom, não era naquela época. Ela é que era louca. Certo. Ele seguia a mãe, enquanto ela gritava. Pra fazer ela o quê? Voltar? Não? Vou anotar aqui: ela nunca voltou da viagem de ácido, mas isso foi antes do filho nascer. É isso, não? O.k. Pra me localizar. Estou anotando. Esse relatório está totalmente desatualizado! Com quinze anos, o filho passou a seguir a mãe quando ela entrava em surto e saía de casa. Seguia, pedindo pra ela voltar. Senão, o quê? Ela se perdia, claro. Entendi que você nunca viu nada disso, porque já não estava lá, certo? Seus pais é que viam. Oi? Xingava o menino do quê? E desde quando chamar alguém de estranho é xingamento? Entendi que era o próprio filho. Entendi que ela fingia que não conhecia o filho. Não fingia, o.k. Já entendi que estava louca. Tudo isso eu entendi. Correto, xingava o filho como se ele fosse um estranho. E ele não dizia nada? Ah, dizia. Só calava quando cansava de pedir pra mãe voltar pra casa. Entendi. Quando cansava de repetir, continuava seguindo a mãe em silêncio. [*O estudante de chinês imagina uma mulher magra, com cabelos pretos escorridos até a cintura, à imagem de uma crente, mas com as sandálias na mão, descalça como uma hippie que caminhasse com uma cestinha na mão, colhendo cogumelos pelo campo, embora na verdade caminhe pelas calçadas, gritando desaforos, seguida por um rapaz de cabelos castanhos despenteados e de óculos, que é como ele imagina na adolescência o homem que ele viu tirar a professora de chinês da fila do check-in e desaparecer com ela; e imagina para a voz feminina que ouve na sala ao lado a mesma fisionomia da mulher que caminha descalça pelas ruas, só que, na sua imaginação, a delegada na sala ao lado está de tailleur e a hippie usa uma bata tie-dye.*] Quanto? E você nunca pensou que para andar doze quilômetros atrás da mãe descalça, sendo xingado pela própria mãe, que diz, aos berros, que ele não é filho dela, que diz que ele é louco, em público, pedindo para estranhos na rua ajudarem ela a se livrar daquele estranho que diz que é filho dela, e que é mesmo o próprio filho — nunca te passou pela cabeça que ele tinha que ser um pouco louco também? Afinal, era a palavra dela. Tem certeza que esquizofrenia não é hereditária? Você acha? Pra ela não se perder. Oi? Pra não voltar grávida!? Seguia a mãe pra ela não voltar grávida? Só estou anotando, porque não estava no relatório. Oi? Pra não voltar grávida de novo?! Não, repete. Porque já tinha voltado grávida? Como é que é? Ah! Dele! Antes dele nascer, saiu e voltou grávida. Engravidou na rua, de um desconhecido? É isso? Sim, claro que entendi, voltou com ele na barriga. Saiu no meio de um surto e voltou duas semanas depois, grávida. Quer dizer que o agente não conhece o pai? Entendi, alguém na rua. Nem ela. Nem ela. E por que não internaram essa mulher? Então, o menino e a avó, sei lá. Ele não tinha nenhum tio, nenhum primo mais velho, nenhum parente? Eu sei que era só um menino, mesmo assim. E que mais? Tinha certeza que você ia dizer isso. Estou dizendo que se tem um crente aqui... Claro. Já estava louca quando ele nasceu. Você concorda, então, que o agente é fruto da loucura? Mesmo se esquizofrenia não for hereditária, ele não é fruto da loucura dela? Ele não teria sido concebido se ela não fosse louca, concorda? Como é que não puseram isso no relatório? A avó é que criou, claro. Típico. Quantos anos? E você? Como, nada? Mas não era vizinho de prédio? Do outro lado da rua, e daí? Ah, desculpe, claro, não morava mais lá. Saiu da casa dos pais antes dele nascer. Foi embora antes dele nascer. Claro. Anotei, sim, pra não esquecer. Como é que é? E o que é que os seus pais tinham a ver com isso? Eles é que ajudaram o menino a internar a mãe? Já não era um menino. O.k. Todo mundo vai acabar internado um dia. Todo mundo tem que trabalhar, ou não tem? Estamos internados aqui, não estamos? Na universidade? O.k., estou anotando, resolveu internar a mãe quando foi pra universidade. Quando fez dezoito anos. Eu já disse que me acalma. É claro que estou nervosa. Ele vai ligar a qualquer instante. Me acalma, claro. Repito e anoto pra ver se acredito no que você diz. E se faz sentido. Fica mais verossímil quando sou eu quem diz. Método da igreja, eu já disse. Por isso, é bom repetir, sempre. Entendi. Não foi o que eu perguntei.

Você disse que todo mundo queria salvar o menino. Você não vai explicar as visões do agente pelo que ele passou na adolescência, seguindo a mãe descalça na rua, vai? Melhor. Ele tem que ter alguma responsabilidade pelo que faz. Ou não? Sumiu com uma traficante! Como é que é? Você não acha que é culpado pelo que ele vê, acha? Oi? Pelo que ele faz?! Que é que você quer dizer com isso? Que é que ele vê? Não, por favor, deixa eu te mostrar, já que você não leu. Olha aqui, ó. Está aqui no relatório sobre ele. Você sabia que ele entrou pra polícia quando a mãe morreu? Morreu. É. Não tinha por que saber. Bom, está escrito aqui: ele disse que foi a morte da mãe que fez ele se decidir. Diz aqui que foi enviado para o posto de fronteira por indicação sua. É! É o que está escrito. Aqui, ó. Primeiro posto. Ninguém é enviado pra fronteira no primeiro posto. Você não precisava ter se metido. Diz aqui que você interveio pra que ele fosse parar o mais longe possível. Você tem costas quentes. Oi? Te seguindo? Como, te seguindo? Que é que você quer dizer? Na polícia? Ele não sabe? Não sabe que está te seguindo? Está te seguindo ou não está te seguindo? Não entendi. Porque ninguém segue ninguém sem saber que está seguindo. Claro. Você queria o quê? Oi? Não sabe se ele sabe. Difícil. Sim. Difícil. Vou repetir. Ele veio parar na polícia, porque estava te seguindo. Certo. Aqui diz que foi você quem indicou ele pra uma missão na fronteira, quando ainda dava aulas na academia de polícia. Porque ele era o melhor, não foi isso que você alegou? Mas, na verdade, pra ficar bem longe, o mais longe. Mas, então, por que é que você quis trazer ele pra cá? Salvar de quê? Também, depois da merda que ele fez! Não sou eu. Está aqui no relatório que eu ignorei. E os acontecimentos de hoje só confirmam. Certo. Mas ainda falta você explicar por que pediu a transferência dele pra cá. Concordei porque estou nas suas mãos — ou estava —, me diz se entendi errado. Se arrependeu? Condenou a quê?

Não. Ele veio pra quê?! Pra morrer na sua frente? Você está pior do que eu pensava. Posso te passar a receita dos meus psicotrópicos. Vamos recapitular: você indicou ele pra uma missão na fronteira, pra não ver ele morrer na sua frente? Não vou anotar, porque não tem cabimento. Mas, então, por que é que forçou a transferência dele pra cá? Sem entrar no mérito, não está fazendo sentido. Proteger do quê? Você é que está condenado? Eu já disse que sou lenta. Mas está realmente difícil. Condenado a quê? Que merda é essa?! Quanto mais quer fazer o bem, mais mal causa? Isso já deu pra entender. Afinal, que é que você deve a esse rapaz? Você já disse. Já entendi que ele está te seguindo. Quer dizer, não entendi, porque foi você quem quis trazer ele pra cá, ou não foi? Proteger do quê? Que cegueira? Dele? Como é que é? Ele veio parar na polícia achando que ia encontrar o quê? Inconscientemente? Não devo ter entendido mesmo. Me diz que entendi errado. Que é que você está querendo dizer? Oi? Você não está me dizendo que se aproveitou dessa mulher, está? Da maluca. Enquanto ela andava descalça pela cidade. Não é isso que você está querendo dizer, é? Você não se aproveitou dela pra perder a virgindade aos dezenove anos, se aproveitou? Dezoito. Me diz que não estou ouvindo direito. Estou repetindo pra ver se eu entendo! Você não está querendo dizer que é pai dele, está?! Como não sabe?! Eu já entendi. Claro. Puta que pariu! Tenho que repetir, não tenho escolha. Condenado pela dúvida. Quanto tempo ela ficou na rua? Em duas semanas, ela pode ter dado pra meia cidade. Além de você, claro. Pode ter sido fodida por meia cidade. Não era o que acontecia quando ela saía de casa? Não saía pra se foder? Eu entendi. Entendi que ela voltou grávida depois de duas semanas desaparecida. Pelos cálculos, claro, pelos cálculos de quando ele nasceu, ela só pode ter engravidado naqueles quinze dias desaparecida. Você não sabe. Talvez ele saiba mais que você. Estou repetindo como na igreja, pra me acalmar. Já entendi. Entendi perfeitamente. E estou tentando me acalmar. Oi? Antes? Você transou com a louca dez anos mais velha, antes dela desaparecer pela primeira vez?! Está de brincadeira! Primeiro ela transou com você e depois desapareceu? Como é que é? Transou com você e surtou? Vocês não tomaram o ácido juntos, tomaram? Você deu o ácido pra ela? E você nunca falou com ele sobre isso? Nem ele com você? Nunca disseram nada? Porque não sabe. Não pode saber. Você pode fazer um teste de DNA. É claro que não é o caso, porque ninguém sabe que você transou com ela. Não tem por que fazer. Eu sei. Enquanto você não conhece as pessoas, quer transar com todas elas. Só depois de conhecer é que não consegue mais tocar nelas. O problema é amar, não é? Não é isso que você quer dizer? Não foi o que te disseram que eu ia fazer nos clubes de encontros? Não foi o que você leu no relatório sobre mim? Que cara é essa? A gente não está se abrindo? Vai continuar dizendo que não leu? Que não tem relatório nenhum? E que não te disseram nada? Que merda de investigação é essa? Ou vai me dizer agora que também foi nos clubes de encontros me procurar? Ou talvez fosse um pretexto? Talvez você estivesse atrás de loucas descalças. Não? Eu sei como é. A primeira transa a gente não esquece. Porque, digamos, você começou pelo sexo anônimo. Ou ela ainda se encontrava no melhor das faculdades dela? Ah, claro! Ela não podia estar num clube de encontros se estava internada. O psicólogo diz que eu fui aos clubes de encontros procurando uma família. Gênio. Inconscientemente, claro. Você nunca foi. O.k. Só que é estranho, porque quanto mais eu procurava uma família nos clubes de encontros, mais eu encontrava gente como você. Os clubes de encontros estão cheios de gente como você, atrás de malucas descalças. Não é lugar pra procurar família. E eu entendo. Entendo, sim. É horrível conhecer. Eu te disse que não sou personagem de romance. Basta eu entender qual é a do personagem pra perder o interesse. Não tenho amor. Não tenho sentimento. Não me identifico. Não, crítica nenhuma. Eu disse ao psicólogo. Não vejo problema. E até entendo que você se aproveite de uma maluca descalça pelas ruas para perder a virgindade. Dezenove anos! Já não é uma criança. Claro. Você devia estar desesperado. Não estou gozando. Eu tinha vontade de fazer a mesma coisa. Se fosse pra começar de novo, virgem. É horrível conhecer. Conhecer estraga a vida da pessoa. Eu me deixava foder pelo mundo inteiro, mas por nenhum conhecido. Eu entendo você, com dezenove anos, dezoito, e entendo essa mulher descalça, desaparecendo, pra se deixar foder pelo mundo inteiro. O castigo é voltar grávida, com um filho do mundo na barriga. Puta que pariu. Ninguém merece. Mais uma prova de que Deus existe e continua castigando. Eu entendo ela xingar o filho na rua, xingar de estranho, tudo bem. E o que é que você queria? Não tem nada pior do que conhecer. Você acha mesmo? Contraditória? Só porque fui procurar uma família nos clubes de encontros? Não, você não entendeu. Não estou assumindo nada. Não fui eu quem disse, foi o psicólogo. Ele disse que eu fui procurar meu filho. Não tenho que concordar ou não concordar. O que eu penso não importa. Agora, me diz qual a graça de descobrir que você botou no mundo um sujeito como o agente. Podia ser pior. Podia ter um filho viciado em crack. Me diz, você que pode ser o principal culpado. Você acha que pra tudo tem explicação? Se eu dissesse que fui parar nos clubes de encontros por causa do meu filho, que preciso trepar com anônimos, pra ver se esqueço ele, te acalmava? O psicólogo. Gênio. Te acalmava? Não, não acalmava. Está cagando. E se eu dissesse que fui buscar minha família onde é impossível existir uma família? Melhor? O psicólogo. De novo. Você acredita? E se eu te dissesse que fui parar nos clubes de encontros porque não queria perder mais ninguém, porque não suporto o amor, te acalmava? O psicólogo. É sempre ele. Porque eu mesma não tenho explicação. E não adianta repetir pra ele que fui lá a trabalho, numa investigação. Tudo o que eu disser é nada. Não foi o que eles te disseram? Eu quero ser verdadeira com você. E a verdade é que eu não sei, que não posso saber, e que dizer que é isso ou aquilo, se não te acalma, também não resolve nada. É difícil imaginar o que uma mulher como eu vai fazer num clube de encontros, não é? Digamos, seguindo o raciocínio do psicólogo, que tenha sido mesmo a trabalho, uma investigação, no começo, como eu disse. Mas tomei gosto. E me viciei. Porque sou fraca. A mesma coisa na igreja. Voltei pra me foder. Pra me castigar. Porque não tem explicação. Ou tem? Por que motivo uma mulher como eu vai parar na marcha com Jesus pela salvação do Brasil, depois de não conseguir manter o pastor preso nem por cinco horas? Eu podia dizer que fui a trabalho pra tudo o que você me perguntasse daqui pra frente. E você acreditava? Me diz. Acreditava? O psicólogo disse que eu até posso começar tudo a trabalho, mas que no final eu volto pra me foder, quando o trabalho dá errado, depois de foder com o trabalho. Você acredita? Então, eu podia dizer que fui a trabalho na primeira vez, que fui fazer uma investigação e que acabei ficando, por inércia, por prazer ou pra me castigar, qual é a diferença? E você acreditava? Você acreditava que não tem diferença entre prazer e castigo? Uma mulher como eu está estragada pra vida em família. Eu não disse que prazer e castigo são a mesma coisa. Mas podia dizer. Não é esquisito? Também acho. Concordo com você. Eu mesma disse isso pro psicólogo. A última coisa que uma pessoa pode pensar em encontrar num clube de encontros é a própria família. Eu não disse *própria*; eu disse *uma* família. Só uma família. Mas tenho certeza de que no relatório está escrito *própria*. E se eu te dissesse que foi isso que eu fui procurar lá, no lugar errado, você acreditava? Se eu te dissesse que fui atrás da minha própria família.

Acreditava? O psicólogo. É. O que você quer que eu diga às amigas que nunca mais vi, casadas, com filhos grandes, quando encontrar elas na rua? Que dei errado? Porque fui procurar minha família em outro lugar, onde não podia encontrar família nenhuma? O que você queria que eu dissesse à minha mãe e aos meus irmãos? Que resolvi seguir a carreira do meu pai? Que tinha herdado dele uma queda pelo pior? Era isso que eu devia ter dito? Você acha? Ele mesmo teria me chamado de frígida, se ouvisse que eu tinha decidido seguir a carreira dele, e é disso que eu peço para eles me chamarem. E pra repetirem. Enquanto me fodem. Uma mulher não fala assim, não é? Frígida. À moda antiga. De um jeito que não se ouve mais. Como meu pai falava com os amigos. A única diferença é que uma mulher da minha idade não fala assim. E pensar que eu fui procurar minha família logo onde as velhas não são aceitas. Um velho, tudo bem. Mas uma velha, não. No lugar onde fui procurar minha família, as mulheres ficam velhas cedo. Se eu te dissesse que era eu aquela velha dos clubes de encontros, você acreditava? Aquela que ninguém quer e que tem que pagar sempre pelo amor? O psicólogo. Bom, digamos que houvesse um relatório e que você tivesse lido o relatório. Saberia do que estou falando. Não está lá que eu fui aos clubes de encontros a trabalho? Não? Porque quis, por conta própria, pra mostrar serviço, porque ninguém me mandou, ninguém era nem louco de mandar uma mulher como eu fazer uma investigação nos clubes de encontros. Claro. E quer saber o que aprendi? Aprendi a transar com as mãos sujas de dinheiro. É. Não te disseram que encontrei nos clubes de encontros o homem que eu estava investigando? Não é louco? A maior coincidência. E quer saber o que ele me ensinou? Que dinheiro tem cheiro de gente. Vai dizer que nunca tinha notado? Não? Eu também não. Até ele me dizer. É um cheiro azedo de milhões de mãos. Nunca te disseram que na China é com leite azedo que ensinam os cães a farejar e reconhecer as malas abarrotadas de dinheiro? Nada a ver com cheiro de morto. Vivo tem cheiro de leite azedo. É por isso que o dinheiro excita. Tem cheiro de gente viva. Foi o que ele disse. Uma única nota passa por milhões de mãos, tem cheiro de milhões de paus e milhões de bocetas. Que foi? Desculpe! Ele me disse que não tem nada mais sujo. Ele mesmo, aquele que você viu aqui sentado, preso, com as mãos inúteis, o irmão do pastor, tentando sair do país com a mala cheia de dinheiro sujo, fedido de gente, de mãos, paus e bocetas, aquele de quem você achou que me salvava, porque não sou inocente, porque o meu cheiro está nas notas que circulam de mão em mão, acumulando a morrinha dos vivos. Foi o que você pensou, não foi? Mesmo sem ter lido relatório nenhum. Como se fosse simples assim. Vê? Está escandalizado? Então, por que essa cara? Nunca experimentou transar com as mãos fedendo a dinheiro? Fedendo a um milhão de outras mãos? Que é que uma mulher como eu vai fazer num clube de encontros? Você está me perguntando? Que é que você acha? Vamos lá, me diz. Todo mundo cheira a dinheiro. Os cachorros sentem. Você sabe que os antibióticos estão deixando de fazer efeito? Então! São os últimos dias de prazer. Sexo oral? Até metade da humanidade pegar gonorreia na garganta. E parar de falar. Aí é que eu quero ver. Oi? Gonorreia é o de menos. Leia, sim. Bactérias resistentes. A garganta é um celeiro. Quem? Os cientistas. Os médicos. Por seleção natural. Os cachorros não têm gonorreia. Gonorreia só dá em humano. Leia. Leia. As bactérias também querem se reinventar. E é na garganta dos humanos que elas se reproduzem e se reinventam, como a gente, a gente se reinventa na garganta, falando, e ganham resistência, em contato com outras bactérias — a garganta não é só a origem da voz; é o paraíso das bactérias, ou você não sabia? O paraíso, sim. Seleção natural. Em alguns anos, os antibióticos não vão fazer mais nenhum efeito. E aí tanto vai fazer se você frequenta ou não frequenta clubes de encontros. Não vai ser só pra quem passa a vida em clubes de encontros, entende? Quem é que quer fazer boquete de camisinha? Quem? Me diz. E aí é que a gente vai ver quem é que vai continuar engravidando desconhecidas na rua. Moralista? Acha mesmo? Eu sei, mas vai ter que esperar. Ele vai ligar a qualquer instante. Como, condenou? Condenou a quê? E por isso vai reparar o erro dele com um erro maior? Culpa de quê? De ter mandado ele pra um lugar de onde ele nunca mais vai poder voltar? Por favor! Como é que é? Me diz antes em que país foi que eu acordei hoje. Isso, sim! Me diz que não estou ouvindo isso. Me diz, por favor, que estou sonhando! Você é que é crente; não essa gente ajoelhada nas ruas pra salvar o neto prematuro da dupla sertaneja! Onde é que já se viu? E acreditou? Acredita mesmo em tudo o que está na internet? Você é que devia estar na marcha com Jesus, no meu lugar. Você está me perguntando? Sinceramente? Nenhuma injúria é igual à morte. Não tem palavra mais forte que o gesto. Não vou gastar meu tempo lendo romances. Você discorda? Não acha que a escrivã Márcia está perdendo tempo? Sabe o que ela me disse? Dessa vez, você não vai acreditar. É! A sua queridinha disse que os escritores procuram uma palavra mais forte que a morte. Só rindo. Desculpe! Mas é engraçado. Na maior cara de pau. Como é que é? Imitação da vida? Realismo, certo. E você acredita? Mas concorda que não há injúria que se equipare com a morte. Respeito, claro. Mas a gente não está aqui pra defender Jesus, Maomé, Buda, Iavé, anjo ou o caralho a quatro. A gente está aqui pra defender quem quiser acreditar no caralho a quatro. Tanto faz se é Jesus, Buda, Maomé ou Iavé. A gente está aqui pra defender os crentes. Mas espere só os antibióticos deixarem de fazer efeito. Espere só. Eu sei que você é um otimista, mas o que você acha que uma mulher como eu vai fazer na igreja? Eu sei que você acredita na ciência e na tecnologia, apesar de todos os artigos falsos. Vou dar um desconto. Vou tentar imaginar o que você quer dizer, que é outra coisa que não tem nada a ver com bondade nenhuma. Porque assim não vai resolver. Ele vai ligar a qualquer momento. Não adianta. Vai ter que esperar ele ligar. Eu sei que você acha que o mundo não vai acabar nunca. Você viu que hoje faz dois meses que não chove? Os passarinhos estão loucos, começam a gritar no meio da noite, antes só gritavam antes do sol nascer. Ninguém aguenta, ninguém pode dormir. Você não ouve? Gritam a noite inteira, como se já fosse dia. De onde eu tirei? Basta ouvir. Estão desesperados. Você viu que oitenta por cento do lixo mundial acaba no mar? Já são quatrocentas zonas mortas nos oceanos. Eu sei que não tem nada a ver uma coisa com a outra. Mas por que é que eles estão gritando? Na língua dos pássaros. Você sabia que uma língua desaparece a cada catorze dias? Uma língua mata outra a cada catorze dias! Foi ele quem disse. Outro dia, quando perguntei o que ele estava lendo, enquanto substituía a escrivã Márcia na recepção, e ele me mostrou esse livro. O chinês em primeiro lugar. Ele disse que o português vem em sétimo. Depois do chinês, do espanhol, do inglês, do árabe, do híndi e do bengali. Todas línguas assassinas. Você já pensou nisso? Uma língua desaparece a cada catorze dias pra outra ficar mais forte. Oi? Não adianta. Vamos ter que esperar ele ligar. E não é melhor ter do que falar enquanto isso? Não é melhor passar o tempo com informação? Lia, não; lê! É! Quando fica no lugar da escrivã Márcia. Quer ver? Está aqui, ó. É isso que ele lê quando fica na recepção: 'Dez por cento dos sons que nós dizemos na verdade são ouvidos com os olhos. O que você ouve de olhos abertos não é o mesmo que ouve de olhos fechados'. É o que ele estava lendo quando a chinesa apareceu pela primeira vez, há dois meses. E hoje também, quando você recebeu a denúncia anônima. Toma. Vê. Oi? Pois fique sabendo que o que você pensa foi ditado pelo seu DNA, está na configuração do seu DNA, que por sua vez é a criação de um vírus. Você não sabia? Não tem nada a ver com o que você pensa que é. Não sou só eu. Você também só reproduz. Sua opinião é decidida pela genética e pelos vírus que te colonizam. Não é você que pensa, são as suas células controladas pelos vírus. Achava o quê? Seu cérebro, por exemplo: se você frequenta clubes de encontros, é maior de um lado; se vai à marcha com Jesus pela salvação do Brasil, é maior do outro. Dois hemisférios. E o que você acaba de dizer na verdade foi ditado pelo seu DNA. E já estava dito bem antes de você abrir a boca. Por isso, no final das contas, a gonorreia talvez nem faça tanta diferença assim, quando todo mundo estiver com gonorreia na garganta e já não puder dizer mais nada. Telepatia. O máximo que você pode fazer por você mesmo é errar. Tentar e errar, sempre. Só a inutilidade salva. Perpetrar as maiores burrices, como forçar a barra pra transferir um agente pra cá. Vai me dizer que não foi burrice? Não foi um erro? Errar é o que te resta pra escapar a tanta regra, e pra se achar mais humano que a vaca que você comeu no almoço. Oi? E por acaso alguém disse o nome da escrivã Márcia? Você ouviu o nome dela? Alguém insinuou alguma coisa? O que eu quero dizer é que, pra escapar à regra do DNA — ou de Deus, você dá o nome que quiser —, só resta fazer o pior possível. Esculhambar com tudo que existe. Foder com as investigações e com as operações secretas. Como eu. Fazer o que não tem explicação nem função. Não sou eu quem está dizendo. Os cientistas. Provado, estou falando. Até que a gonorreia me faça parar de falar. E daí que, com toda a merda que ele fez, a gente podia até dizer que o agente só está tentando exercer o que resta da ilusão da humanidade dele. Quando ele te segue, por exemplo — não foi o que você disse? —, ou quando sequestra uma traficante, é sempre pelo bem. Você não quer saber o que o relatório diz sobre ele? Diz aqui que, antes de vir pra cá, ele foi infiltrado num...

como é? Me diz se estou sonhando, me corrige... Arraial tântrico? Retiro de meditação e amor? Na selva? Agora, como é que mandam um agente pra fronteira na primeira operação dele? Como é que você não estava por trás? Ele não foi seu aluno? Eu sei que você tem bons contatos. Não, não tinha lido. Preferi ignorar, já que não tinha escolha. Ou tinha? Não foi você quem forçou a barra pra mandarem ele pra fronteira? Então? Entendi perfeitamente, você não sabia o que fazer. Normal pra quem está sendo seguido. Diz aqui que, na sua primeira operação na polícia, ele foi infiltrado num... arraial tântrico — é que me dá vontade de rir, que é que eu posso fazer? —, retiro de meditação e amor, na fronteira. Ele nem chegou a trabalhar no posto de fronteira. Claro. Foi mandado direto pra lá, pra se infiltrar no arraial tântrico. Claro. Como eu na igreja e nos clubes de encontros. Pra não levantar suspeitas. Entendi, sim. Aqui diz que os membros do arraial tântrico andavam em estado primevo pela selva. E que atravessavam a fronteira livremente. Diz aqui que ele devia passar informações pra polícia, numa operação secreta pra desmontar o esquema do tráfico na fronteira. Não foi sua ideia? Claro que não, eu nunca te chamaria de jerico. Longe de mim! Está escrito aqui que ele entrou com uma identidade falsa no arraial tântrico. Está escrito aqui que ele participou dos rituais do arraial tântrico, para se integrar, para que ninguém desconfiasse que ele era da polícia. Tomou tudo o que tomavam no arraial tântrico. Entendi perfeitamente. O arraial estava sendo usado. Até segunda ordem, não eram eles os traficantes. Diz aqui que três meses depois dele chegar no arraial tântrico, um índio foi assassinado. Consta o laudo, sim. Diz aqui que ele não estava no perfeito domínio das suas faculdades quando o índio morreu — que foi vítima da sua própria ação. Que será que eles querem dizer com isso? Você me explica. Me diz que estou sonhando, que não é déjà-vu. Oi? Francês. Sensação de repetição.

Reprodução, sim. Mas olhe só, depois, nessa página aqui — e me diz se estou errada —, eles dizem que ele agiu com a melhor das intenções. Na fronteira também! Lá como aqui. Não reconhece um padrão? Não é déjà-vu? Não? Sinceramente! Depois do quê? Enganado? Que missionário? Claro, deixa eu ver, sim, está aqui: o missionário nada tinha que ver com o arraial tântrico. Não, só pra confirmar. Se você preferir, paro de ler. Então, está ótimo. Enquanto a gente espera ele ligar. Está aqui. Diretamente, não. Indiretamente. Não foi o que eu disse. Ninguém disse que ele matou ninguém diretamente, mas ninguém teria morrido se não fosse pela ação desastrada dele, você concorda? Está escrito bem aqui. Quer ler? Pedi. E ignorei. E me arrependi. Olha só. Você me garantiu que não tinha problema. É claro que não foi deliberado. É claro que ele não queria. Ele só quer fazer o bem, sempre. Porque está condenado a fazer o bem, se entendi bem, não é isso? Mas, olha, não tem nada a ver com o bem e com o mal! Está escrito aqui. Ninguém está dizendo que foi por mal. Mas isso não resolve. Não resolve nada. E agora resolve menos ainda, agora que ele sequestrou uma traficante chinesa. Já entendi que o missionário não tinha nada que ver com o arraial tântrico nem com o tráfico na fronteira. E que a polícia não tinha condições de combater o tráfico enquanto os membros do arraial tântrico continuassem soltos pela selva, atravessando a fronteira, em estado primevo, uma fronteira porosa e cambiante que não corresponde aos traçados da geografia política. Estou acompanhando, sim, vai falando. Eu gosto do seu vocabulário. Estou ouvindo, estou ticando aqui no relatório. Oi? O que você quer dizer? Como, ele não voltou? Igual à mãe? Ué, não foi a mãe que nunca voltou da viagem de ácido? Então? É claro que pode ser genético! Claro que é irresponsável. Não foi você quem fez o diabo pra mandar ele pra lá? Então? Não sabia? Claro que é responsável. Ou sou eu a responsável? Por favor! Concordei, porque você não me deixou outra opção. Vai continuar dizendo que não está aqui pra me investigar? Na verdade, não tenho que me arrepender de nada. Você é que tem que se arrepender. A começar por ter decidido perder a virgindade aos dezenove, dezoito, anos com uma maluca na rua. Não adianta ficar nesse estado agora. Aqui não é arraial tântrico. Aqui ninguém entra em transe. Ele nunca voltou do arraial tântrico? Completamente, claro. Quando é que eu podia imaginar que ia acabar ouvindo uma coisa dessas?! E eu querendo entender. Incrível eu só saber disso agora, você não acha? Oi? Acha o quê? Aqui está escrito que ele entregou a arma pro índio. Não entregou? Então? Pra que é que um agente da Polícia Federal dá uma arma a um índio?! Me diz, por favor, me diz. Aqui diz que o índio correu cinco dias pela floresta, pra anunciar que sua tribo tinha sido dizimada, antes de chegar ao arraial tântrico, onde foi acolhido por membros em estado primevo e onde recebeu a arma do agente. Aqui diz que o missionário foi chamado às pressas ao arraial tântrico, porque era o único a falar a língua do índio. A língua dos patos. Oi? Está aqui, no relatório. O missionário dizia que a língua do índio era a única capaz de dizer Deus. Como, que merda é essa? Aqui diz que o agente, depois de ouvir o missionário, decidiu armar o índio, para que ele se defendesse dos que tinham dizimado a aldeia dele e pudesse continuar a dizer Deus sozinho. Diz também que não passou pela cabeça do agente que estivesse sendo manipulado pelo missionário, nem que o missionário pudesse ter alguma coisa a ver com o ataque que dizimou a aldeia do índio. Não passou pela cabeça do agente que o missionário quisesse ser o único a falar a única língua capaz de dizer Deus. É o depoimento do agente. O missionário nega, claro. Oi? O livro que ele lê quando a escrivã Márcia está no cursinho defende que as línguas extintas dizem o que nenhum ser humano quer ouvir. Bom, diriam, claro, se não estivessem extintas, se não tivessem sido assassinadas. O missionário disse que os índios foram dizimados, porque a língua deles era a única que dizia Deus. Só não entendi uma coisa: se ninguém pode traduzir a língua do índio, porque ninguém fala a língua do índio além dos índios que estão extintos, e mesmo se falasse não ia poder traduzir nada, porque nenhuma outra língua pode dizer o que diz a língua do índio, como é que você sabe que ela diz o que nenhuma outra pode dizer? É o que você está tentando me dizer há horas? Certo. E isso explica ele ter desaparecido com a mula chinesa? A gente vai ter que esperar ele ligar. Eu já sei que você também está com uma mula na sua sala. Não adianta. Ninguém é inteligente sozinho. A gente depende da burrice dos outros pra ser inteligente por comparação. Senão, era fácil. Tem que se cercar de burros. Ele sumiu com as provas antes da gente poder comprovar a denúncia. Eu disse pra ele que tanto faz o motivo, tanto faz a intenção. Ele diz que a gente vai cometer uma injustiça. E que mais vale um criminoso na rua do que um inocente preso. Voltaire. Sei lá. Ele disse que é Voltaire. Direitos humanos. Essas coisas que ele vive citando. Mas em que língua fizeram a denúncia? Sotaque de onde? Eu entendi que foi você quem atendeu, que você pediu pra ele ficar no seu lugar, enquanto ia checar no setor de imagens. E que, quando viu, ele já tinha se adiantado, já tinha saído na sua frente. Você não percebe a repetição? E a arma que ele deu pro índio? É o mesmo tipo de iniciativa. Ele? Como, ele vê?! Você tem noção do que está dizendo? Ele entende errado o que vê, isso sim! Deu uma arma pro índio se defender! Para defender a língua dele! Tanto faz. A única língua capaz de dizer Deus! Pelo que dizia o missionário que matou o índio, claro! Você não percebe? Aqui diz que o missionário atirou no índio, antes do índio poder atirar no agente. Atirou para defender o agente. É o álibi do missionário. Porque o índio estava armado e apontava a arma pro agente.

Enquanto o agente caminhava fora de si, em estado primevo, pela floresta. Está aqui, ó. E quem armou o índio? Me diz! Agora, me diz se não está com uma sensação de déjà-vu. Você sabe quanto tempo eles passaram bolando essa operação na selva? Está escrito aqui. Sabe quantos homens foram destacados pra essa operação? Sabe? O.k. E ele pôs tudo a perder, pra salvar um índio. O.k. Uma língua! A língua do passado! Isso! A língua do passado! E nem isso ele conseguiu. Aonde ele vai, só faz merda. É um sabotador involuntário das ações da polícia. Oi? Como eu. Claro, como eu. Sim, sim. Mais uma razão. A última coisa que eu precisava era de alguém como eu pra me ajudar a foder com as operações da polícia. Ou era outra coisa que você queria dizer? Me contradiz, por favor. Pena que a gente não tenha nenhuma garrafa sobrando daquelas confiscadas de turista estrangeiro na alfândega. Se não, até propunha um brinde aos fodedores das ações da polícia. Nós dois. Eu e você. Já que ele não está presente. Está escrito aqui que, quando voltou a si, ele se viu diante de um índio morto. Você acredita? E depois eu é que marcho com Jesus pela salvação do Brasil! O índio caiu do céu, na hora e no lugar errado! Palavras dele. Está escrito. Desse jeito. Não quer? Prefere não ler, tudo bem. Parece MPB. Até hoje, só tinha ouvido falar em índio caindo do céu em canção de MPB. Você não guarda as músicas da sua juventude na cabeça? Nenhuma? Não gosta de lembrar? Deve ter pelo menos uma música de juventude que te faz chorar. Vai! A maioria te faz chorar pelo que você não viveu, e não pode lembrar, só imagina. A maioria te faz querer o que nunca teve. Você não pode ter tudo, as suas lembranças e as dos outros. E aí acaba chorando com música que te faz lembrar o que não é seu... Não tem? Todo mundo tem. Vai dizer que também não ouvia Pink Floyd? É lógico que passou a adolescência ouvindo MPB e Pink Floyd! Temos a mesma idade. Estou vendo você na minha frente, fumando um baseado e ouvindo

MPB e Pink Floyd, acompanhando as letras, cantando junto. Você não viu o que aconteceu com aquela cantora que perdeu a voz? No jornal de hoje! Como é mesmo o nome dela? Cantora de protesto. Você sabe. É do seu tempo, sim. É claro que sabe. Não leu? [O estudante de chinês, que leu o jornal antes de sair de casa sem nenhum indício que lhe permitisse prever o fatídico reencontro com a professora de chinês no saguão do aeroporto e se precaver contra as consequências que agora ele sofre, lembra da história da cantora que perdeu a voz e, enquanto ouve a voz da delegada na sala ao lado, imagina a noite de chuva torrencial em que a cantora de protesto, que, depois de perder a voz, se recolhera a uma casa de campo, nas montanhas, com o marido e os dois filhos pequenos, como descrito no jornal, decidiu ir com o marido assistir a um filme na cidade, a vinte quilômetros do condomínio onde moravam. Já não era reconhecida na rua. Já não sabiam quem ela havia sido, mesmo se cinco anos antes alguns críticos a tivessem nomeado A Voz do Brasil, epíteto que, entretanto, estava longe de ser consensual. O estudante de chinês, na sala ao lado, imagina como, voltando da cidade, debaixo de chuva torrencial, enquanto discutiam o filme que acabaram de ver e que tratava da chegada do homem a um novo planeta habitável fora do sistema solar, exatamente como fora descrito no jornal, os faróis de repente iluminaram um rosto no meio da estrada, um rosto redondo, de olhos esbugalhados, logo antes de a cantora e o marido ouvirem um baque e entenderem que tinham atropelado um homem. A cantora que perdera a voz começou a gritar. Por um instante, trêmulo, o marido, que dirigia, pensou em seguir em frente sem olhar pra trás. Mas os gritos da mulher o impediram e o imobilizaram. Por um instante, num intervalo dos gritos da cantora que perdera a voz, os dois se entreolharam, antes de descer do carro para socorrer a vítima, como se tivessem entendido e tomassem fôlego para uma nova etapa de suas vidas, que apenas começava. Assim dizia

106

o artigo no jornal. Enquanto o marido socorria o homem caído na lama, a mulher chamava o socorro pelo celular. A ambulância e a polícia demoraram vinte minutos para aparecer. A vítima tinha escapado de uma clínica que ficava ali perto e que o marido chamava de hospício, sempre sorrindo, uma vez que aquele fora o principal motivo para terem feito um negócio espetacular ao comprar aquela casa, que, antes de a clínica ser construída ao lado do condomínio de luxo, murado e equipado com a mais sofisticada tecnologia de segurança, teria custado o dobro do que pagaram. Os ricos não querem morar ao lado do hospício. Mas a cantora sem voz e o marido não estavam nem aí. A vítima, estatelada no chão, estava obviamente sob efeito de remédios de tarja preta. Também não era a primeira vez que tentava fugir da clínica. Por sorte, quebrou apenas a clavícula. O jornal dizia que o corpo dos esquizofrênicos é mais flácido e flexível que o dos normais. O casal acompanhou a vítima ao hospital na cidade, prestou depoimento à polícia e foi liberado depois de o delegado, demorando para reconhecer a cantora, e constrangido por estar na presença do marido dela, pedir-lhe um autógrafo com a desculpa de que era para sua mulher. Sempre com o ouvido colado à divisória ordinária, o estudante de chinês imagina, seguindo o que diz a delegada, como, sem o conhecimento do marido, a cantora voltou a visitar a vítima no hospital, no dia seguinte. Deixou as crianças na escola, seguiu para o hospital em vez de voltar para casa e, sem se anunciar, encaminhou-se para o leito que fora atribuído à vítima na véspera. Como a vítima dormia a sono solto, a cantora apenas deixou, na mesinha de cabeceira, o último disco que gravara antes de perder a voz, cinco anos atrás. E como no dia seguinte, quando voltou ao hospital depois de deixar as crianças na escola, ela já não o encontrou, seguiu até a clínica e disse que era sua irmã. O estudante de chinês não consegue imaginar como é que os responsáveis pela clínica não desconfiaram de uma história descabida como aquela. Como é que não pediram provas do que ela dizia? Deixaram-na entrar, como se fosse realmente irmã do paciente. Ele nunca havia recebido visita de irmã nenhuma. Lembrando do que dizia o artigo no jornal, o estudante de chinês a imagina de volta à clínica todos os dias, sempre depois de deixar as crianças na escola, dizendo que era irmã do paciente. Na clínica, ela passou a contar ao paciente, vítima do atropelamento, tudo o que ela vivera desde que tinha perdido a voz, como se falasse a um psicanalista. O paciente, com o tronco engessado, apenas a escutava. De vez em quando, ela perguntava se ele queria água, como se fosse ele quem falasse e estivesse com a boca seca, embora não tivesse aberto a boca desde que ela começara a visitá-lo. Ela voltava todos os dias depois de deixar as crianças na escola. Só não aparecia nos fins de semana. O estudante de chinês não consegue imaginar como os responsáveis da clínica nunca desconfiaram de nada, já que, até aquela fuga e o atropelamento, nenhum membro da família jamais visitara o paciente. Ou talvez por isso mesmo, porque estivessem cheios dele, ou penalizados pela sua solidão. E quando o estudante de chinês os imagina cheios, é porque estão realmente cheios — ou penalizados. Talvez por isso tivessem feito vista grossa e não só não reconheceram a cantora, como de costume ninguém reconhecia, mas acreditaram, porque queriam acreditar, que ela fosse realmente irmã dele. O silêncio do paciente também deve ter colaborado — porque, se não agradecia, tampouco contrariava a visita. Apenas a cantora falava do que significava ter perdido a voz no auge da carreira, quando alguns críticos chegaram a chamá-la A Voz do Brasil. Durante semanas, a cantora contou ao homem engessado o que significava perder a voz. E, no final de não sei quantas semanas, o homem engessado a estrangulou. Com uma mão só, por causa do gesso. A polícia, depois de hesitar entre o homicídio e o suicídio, acabou se decidindo pelo segundo, ou pelo menos por uma forma enviesada deste, levando em conta as várias atenuantes, a começar pelo estado comprometido do agressor, que, além de louco declarado, teria agido com uma única mão à provocação da cantora, o que fazia dele no máximo um cúmplice, mas nunca um assassino. O mais interessante — e era essa a principal revelação da notícia no jornal — é que os dois se conheciam, sim!, o agressor e a provocadora, ou melhor, o paciente e a suicida, porque, nesse caso, a maior vítima foi de fato o pressuposto agressor, que permaneceu vivo. O que não dá pra saber é se em algum momento os dois souberam que se conheciam, se se reconheceram e se, tendo se reconhecido, concederam um ao outro a consciência do que sabiam. É possível que a cantora o tivesse reconhecido já no instante do acidente, quando os faróis do carro iluminaram o rosto redondo, com olhos esbugalhados, debaixo da chuva torrencial. Ou ainda mais possível que o tivesse reconhecido depois de saber o nome dele, quando foi levado para o hospital, mas agora está morta para contar. E o agressor ou vítima, por sua vez, já não fala. Não diz nem se a reconheceu nem se ela lhe disse que o havia reconhecido. O fato é que não manifestou nenhuma surpresa quando lhe disseram que ele e a cantora morta se conheciam da infância. Sim, da infância, pensa o estudante de chinês, enquanto a delegada na sala ao lado lê a notícia em voz alta. Era possível que o que a cantora lhe dissera sobre a infância ou sobre o que acontecera com ela desde então o tivesse levado, sob efeito dos remédios, a considerar a morte dela, e finalmente a matá-la, como uma libertação. O jornal conjecturava o que a cantora sem voz lhe dissera, e que aos olhos do paciente, sob efeito dos remédios de tarja preta, pudesse justificar a morte dela. O que o jornal não aventava era que a cantora, depois de lhe contar tudo o que acontecera a ela desde que perdera a voz (se é que foi isso mesmo que ela fez durante suas visitas à clínica), tivesse lhe pedido simples e explicitamente para matá-la. E é o que o estudante de chinês imagina, na falta de outra resposta, que o *homem tivesse, sim, atendido a um pedido da cantora sem voz. E, nesse caso, era incrível que se conhecessem desde a infância e que tivessem que se reencontrar tantos anos depois para que ele a matasse, como se estivessem desde sempre marcados pelo destino, o mesmo menino que talvez a tivesse tocado pela primeira vez, agora internado, com a clavícula engessada, numa clínica para deprimidos e esquizofrênicos, de onde não podia escapar.*] Todo mundo sempre acha que faz o bem. É óbvio que ele não estava no seu estado normal. Índio só cai do céu em canção de MPB. Doze horas olhando pro escuro. Eu? Não, não sei. Deveria? Não faço a menor ideia do que seja servir na selva. Mas posso imaginar. Até eu vejo coisas, só de imaginar doze horas olhando pro escuro. Claro. Ele continua vendo. É um visionário. E que mais podia explicar o comportamento dele hoje, senão mais uma das suas visões? Irônica? Olha só. Aqui diz que o agente entrou na mata pra ver o que o índio dizia e que não existe em nenhuma outra língua. O que é que ele achou que ia ver no escuro? Coisas que não podem ser ditas em nenhuma outra língua? A única língua capaz de dizer Deus! Uma língua diferente de todas as outras? E eu com isso? Isto aqui é uma delegacia. Estou me fodendo pra antropólogos e linguistas. Como é que é? Quando eu digo Deus, não é Deus? E é o quê? Mas não foi você quem me falou que Deus em hebraico é A Palavra? Então? A conclusão do relatório é que o missionário só atirou no índio pra defender o agente. Se não fosse pelo missionário, o agente não estaria entre nós e não teríamos que resolver mais esse problema hoje. Você não acha que o índio ia atirar no agente pelas costas? Tanto faz se o missionário mentiu. Porque ele não teria desculpa para atirar no índio se o índio não estivesse armado, concorda? Me diz se estou errada. O agente não tinha armado o índio? Então? Oi? Isso é o que ele diz. Eu já disse que não tenho paciência pra histórias da imaginação. Posso ter entendido errado, ninguém é inteligente sozinho. Até você, se achando, depende da burrice dos outros pra ser inteligente por comparação. Não espanta que esteja sempre do lado da escrivã Márcia, seja sempre escrivã Márcia pra lá e escrivã Márcia pra cá. Uma porta! Na hora que o agente deu a arma pro índio, ele se fodeu. E, indiretamente, matou o índio. Indiretamente, eu disse. Ele deu a arma pro índio, não deu? Pra proteção do índio. Então? Eu entendi que era pro índio poder reagir em legítima defesa! Não sou surda nem idiota. Que é que você queria? Índio com arma? Ele deu a faca e o queijo pro missionário agir, se é que o missionário pretendia mesmo matar o índio, como você diz. Você é que não quer entender. Você não disse que ninguém falava a língua do índio, além do missionário? O.k. Ele é que dizia. Claro. Agora já não dá pra saber, porque só ele pode falar e está calado. Não sobrou ninguém além dele. Oi? Que foi que o índio disse antes de morrer? Ninguém acredita em palavra de índio. Você não acredita que o missionário atirou porque o índio ia dizer o verdadeiro nome de Deus pro agente, acredita? Quando ele ia dizer o nome de Deus. O agente estava fora de si, caminhando dentro do mato, em estado primevo! A palavra dele conta tanto quanto a do índio. Mas me diz: pra que é que serve poder dizer o nome de Deus se ninguém entende que é Deus? E pra que é que serve poder dizer Deus se ninguém mais pode dizer? E se ninguém entende essa língua? Porque, se entendesse, todo mundo ia poder dizer o nome de Deus, entende? E aí perdia a graça. O missionário não disse até agora. Nem pode dizer. Claro, porque, se disser, outras pessoas vão poder dizer também. O mundo inteiro vai poder dizer o nome de Deus na língua do índio. Vão repetir. Vão reproduzir. E aí fodeu. Oi? O poder, claro, perde o poder. Não tem saída. Essa história toda não faz nenhum sentido. E eu disse que ele é maluco? Disse? Mas é a versão dele. E você não vai negar agora que ele tem antecedentes na família, ou vai? É lógico que você devia ter contado antes. Não importa. Devia ter contado. E uma língua que só uma pessoa fala ainda é língua? Duas. Duas pessoas antes do índio morrer. Mas me diz: nada garante que o missionário falasse — ou fale — a língua do índio. Ele é que dizia que falava, certo? Quando matou o índio. Matematicamente falando, nada garante nem mesmo que a língua existisse. Porque pra dizer que aquela língua existia, agora ele tem que dizer em outra língua, não? Então, ainda existe? Me diz: no momento em que uma língua tem que explicar, em outra língua, o que acabou de dizer, ainda é língua? Imagina uma piada. Se eu conto uma piada e você não entende. Ainda é piada? Posso dizer que a gente ainda fala a mesma língua? Não, me diz, por favor. Quando tenho que explicar que estava sendo irônica, ainda é a mesma língua? Percebe a contradição? Porque a partir do instante em que você diz Deus, eu também posso dizer, percebe? Aqui diz que o índio foi assassinado na véspera da chegada de uma equipe de antropólogos decidida a provar que a língua dele não falava o nome de Deus, não mais do que qualquer outra língua. Claro. Matando o índio, o missionário matou a língua do índio e milhares de palavras que nunca ninguém mais vai ouvir, mas também evitou que fossem desmascarados, ele e o índio. Você parece que não ouve! Se o índio tivesse dito Deus ao agente antes de morrer, ou mesmo se tivesse dito que era tudo mentira e que, de todas as palavras, a única que a língua dele não podia dizer era Deus, o agente provavelmente também estaria morto. Não entende? Na hora que entregou a arma ao índio, tudo bem, pro índio se defender, enquanto não chegava a equipe de antropólogos, ele selou o futuro daquela língua. A verdade agora está com o missionário. E a verdade é que, indiretamente, o agente matou o índio, sim, senhor. Sempre querendo fazer o bem, o seu protegido abriu uma caixa de maldades, percebe? Quer saber o que ele lê quando substitui a escrivã Márcia na recepção, pra ela não perder as aulas? O que ele estava lendo quando ligaram pra denunciar a chinesa? Quer? Me dá aqui. Você quer que eu leia? De qualquer jeito, temos que esperar que ele ligue. Olha só: 'Em regiões onde menos de cem indivíduos falam a mesma língua, um único personagem influente é capaz de impor uma nova variante da língua, que acabará constituindo uma nova língua, apenas pelo uso idiossincrático que ele faz dela, por vontade de se diferenciar dos outros, ou por erro'. Por erro! Está vendo? Basta um indivíduo influente querer ser original — ou errar! — para nascer uma nova língua! Sabe qual é o nome disso? Não quer saber? Está aqui. E-so-te-ro-ge-nia. E não é melhor que as línguas morram mesmo? Olha só. Há dez mil anos, eram dez milhões de habitantes na Terra e cinco mil línguas, mais ou menos a mesma quantidade de hoje, para uma população que era zero vírgula cinco por cento da nossa. Aqui diz que os homens há cem mil anos não podiam falar, porque não tinham o aparelho vocal desenvolvido como o nosso. Como? Através de um crânio de Israel. Oi? Crânio de época, descoberto em Israel! Osso, esqueleto, nada a ver com o sujeito ser um crânio! Nada a ver com a inteligência do autor. E como é que eles iam saber se o crânio era um crânio se ele viveu há cem mil anos? Só pelo crânio do cara? Até parece a escrivã Márcia! Você anda lendo romance? Pois então a convivência não está te fazendo bem. Diz aqui que as línguas explodiram com o aparecimento da agricultura. Agora, o que não dá pra entender é como é que um caçador ia querer abandonar uma vida de aventuras pela monotonia de gente comendo a mesma coisa, reproduzindo e fazendo cocô no mesmo lugar. Eu mesma me pergunto todos os dias. Você não? Aqui diz que 'foi com o aparecimento do Estado três mil anos antes de Cristo que as línguas começaram a se destruir e a dominar umas às outras, a se impor umas às outras, com a assimilação das populações minoritárias ao poder central, pelo império'. E pensar que ele fica lendo isso! Também! Deve ter uma culpa incrível de ter acabado com a única língua que podia dizer Deus. Está escrito aqui: 'É impossível aquilatar o esforço das diferentes nações que, para sair da barbárie, procuraram criar a língua que melhor expressasse a mente do indivíduo para o resto da sociedade'. E mais: 'A civilização começa pela religião. Logo, não pode haver língua sem religião. Atacar a religião, como muita gente faz, é um ato suicida e paradoxal'. Que foi que eu disse? Olha só: 'As comédias incas, representadas na mais elegante e poética de todas as línguas sul-americanas, baseavam-se no diálogo. Mas em um diálogo no qual só um dos lados tinha o direito de falar. Era a comédia do massacre das outras línguas. O ciclo das línguas está ligado ao das religiões. Quanto menor o número de línguas, menor também será o número de crenças'. Olha só: 'Cada língua impõe seus deuses. Mas não há convivência possível entre línguas que cultuam ídolos distintos. Daí as guerras. Todo mundo quer falar e cada fala invoca um deus diferente. A vida do inca era uma longa cruzada contra os infiéis, libertando de suas superstições as nações conquistadas, para subjugá-las ao culto do sol. Quando os espanhóis chegaram com sua missão cristã evangelizadora, o quéchua já era a língua universal que subjugara todas as outras, para acabar sendo subjugada pela língua dos novos conquistadores'. Se me pedissem pra inventar uma língua, eu criava uma onde tudo estivesse dito e não sobrasse nenhum espaço nem pra imaginação nem pra mal-entendido. Ninguém ia precisar explicar nada. Bastava ler. Na minha língua, você ia entender tudo o que lesse. Se eu quisesse ser irônica, bastava dizer *ironia* depois da frase, pra pessoa entender. Ironia! Pronto. Seria a língua ideal pra gente se comunicar com a escrivã Márcia. Está escrito aqui que o Brasil tem cento e oitenta e cinco línguas endêmicas e que a diversidade das línguas tem a ver com a diversidade das espécies biológicas. Está escrito; não sou eu quem está dizendo. Derrubar a floresta diminui as línguas. Estou lendo. Só pra você ter uma ideia do que ele faz quando substitui a escrivã Márcia na recepção. E você chama isso de trabalho? Está escrito aqui que a diversidade é um reservatório de adaptabilidade. Quanto mais diferença houver, mais chances de nos adaptar ao inesperado. Com mais línguas, temos mais chances de resistir. Não foi à toa que os incas sumiram. Isso quer dizer que quanto menos a gente acreditar, menos chance vai ter de sobreviver. Ou melhor, quanto mais a gente acreditar numa coisa só, menores vão ser as nossas chances. Não está escrito. Por dedução. É um processo. É só juntar uma coisa com a outra. Linguística e ambientalismo. Não percebe? Passamos da mitologia, onde havia um deus pra cada coisa, pros monoteísmos e pro ateísmo. Ao mesmo tempo que as línguas foram diminuindo. Incrível. Deixar de acreditar é sinal de que estamos chegando ao fim. Ele anotou aqui na margem que, desde junho, quatrocentas espécies animais e vegetais entraram em extinção. Dois meses. Só pode ser a letra dele. Olha só. De quem mais? Você estava sabendo? Ele escreveu na margem que vinte e cinco por cento dos mamíferos, doze por cento dos pássaros e quarenta por cento dos anfíbios estão sob ameaça. Escreveu que o homem ignora quase setecentas mil espécies marinhas e tem o sistema auditivo igual ao do grilo, a despeito da distância evolutiva. Que é que você acha? Há cem mil anos, o homem não tinha aparelho vocal desenvolvido, mas continua com o mesmo sistema auditivo do grilo? E acha que ele está bem? Olha só: aqui diz que na língua tirió o amor é só um sufixo. E que, durante a Guerra do Pacífico, os americanos usavam soldados navajos para transmitir mensagens secretas, na língua deles, como se fosse código, porque era o único código que os japoneses não conseguiam decifrar. Os japoneses eram reputados criptógrafos, mas, ao contrário dos outros códigos usados durante a Guerra do Pacífico, não conseguiram decifrar a língua navaja. Porque era uma língua tão diferente da deles, e de todas as línguas que eles conheciam, que não podiam nem conceber os sons, não ouviam aqueles sons. É o que está escrito aqui — e isso apesar de ser uma língua que qualquer criança navaja aprende e domina com a maior naturalidade. E olhe que o japonês não é menos difícil! Veja isso aqui: cada língua usa apenas dez por cento dos sons disponíveis no universo linguístico da humanidade. Diz aqui que, quando a gente se conecta a uma língua e passa a usar os dez por cento de sons correspondentes a essa língua, perde a capacidade de ouvir os noventa por cento restantes. A gente vai ter que esperar ele ligar. Aqui diz que as línguas são inimagináveis se você já não conhece elas. É diferente na física, você pode especular, conceber um mundo que não existe. Quando você depara com uma língua que não conhece, ela é inconcebível. Aqui diz que São Tomás de Aquino dizia que as línguas se formam como as nuvens e, como as nuvens, desaparecem. E que como as nuvens trazem a chuva que faz brotar as flores adormecidas no deserto, também as línguas despertam o que estava adormecido antes delas, dão vida ao que parecia estar morto. É! Está aqui. São Tomás de Aquino. Também não sabia. Achava que era só de religião. Deve ter falado de tudo. Aqui, no livro que ele lê quando substitui a escrivã Márcia, diz que hoje são mais de seis mil línguas faladas pelos homens. Você acredita? O autor acha pouco. Diz que a primeira língua artificial criada pelo homem foi na verdade criada por uma mulher, está vendo?, na verdade uma freira, é, santa, olha só! No século XII, essa língua foi criada pela mística alemã Hildegard von Bingen. Língua ignota. Foi o nome que ela deu pra língua dela, coitada. Autoestima zero. Pra falar com Deus. Ignara, não; ignota! Criou a língua ignota pra falar com Deus, olha só! E sabe qual era a primeira palavra no dicionário dela? Como não sabe? Deus, claro! Só que, na língua ignota, Deus começava com 'a' pra poder aparecer na frente, no dicionário. Diz aqui que, depois dela, inventaram mais de novecentas línguas no mundo e que todas sumiram, um fracasso depois do outro. Dá pra entender por que o missionário não queria dizer que ele mesmo tinha inventado uma língua para dizer Deus. Porque não funciona, inventar até eu invento, e ninguém acredita, tinha que ser a língua do índio, a língua do passado, não podia ser inventada, tinham que acreditar que a língua era de verdade. Diz aqui que muitas das línguas inventadas — deixa eu acabar de ler — 'tinham como inventores, apaixonados, e como motivo, descrever belezas que nenhuma outra língua era capaz de descrever. Os apaixonados inventaram as línguas para descrever suas paixões. E como essas línguas não podem ser compreendidas por ninguém, nem por aqueles por quem os apaixonados estão apaixonados, são chamadas de idiofônicas, já que seus sons são produzidos pelas vibrações do próprio corpo idiomático, à imagem de instrumentos como o sino e o xilofone'. O xilofone! Não? Eu também não. Toda língua não é produzida pela vibração do próprio corpo? Agora mesmo, as minhas cordas vocais não estão vibrando? Línguas de uma pessoa só! Esse livro é uma piada de mau gosto que a gente não entende. É pior que os romances da escrivã Márcia! Você leu a descrição do recanto tântrico no relatório? Arraial, desculpe. Não leu? Diz que eles cantavam o tempo inteiro, em vez de falar. Hinos, hinos! Oi? Não, não estava sabendo. Ele já tinha pedido transferência antes? Pra mim, é novidade. Eu também não aguentava. Doze horas por dia, olhando pro escuro e cantando. Todo mundo precisa conversar com alguém. Mas onde já se viu que, pra falar com Deus, tem que dizer o nome de Deus? Certo. E é por isso que Deus nunca aparece? Claro. Porque o nome só na língua dos índios. Bom, isso era o que o missionário dizia. O missionário queria sucesso pra sua igreja. E quem não quer? Não estou botando palavras na boca de ninguém. A gente tem que esperar ele ligar. E pensar que agora ele está com uma traficante chinesa e uma criança, dizendo que vai salvar as duas. Não está reconhecendo um padrão? Ele quis salvar a mãe, quis salvar um índio, agora quer salvar uma chinesa e uma criança. E você quer que eu tenha bons presságios? Por um triz, o agente não aprendeu a dizer Deus. Se o missionário não tivesse caído do céu na hora que o índio ia atirar. Muita gente caindo do céu na fronteira. Você nunca tinha me dito nada disso. Já pensou se ele abrisse uma igreja, sendo o único a saber dizer Deus? Já pensou? Se só uma língua pode dizer Deus, as outras são inferiores, claro, o racismo, claro, sim, sim, a supremacia de uma cultura sobre as outras também, claro, o fim da antropologia, do relativismo cultural, do multiculturalismo. E da MPB! Oi? Eu sei que é sério. Você não falou em MPB. Eu falei. Você nem sabe o que é MPB. Correto. Ele acredita em Deus? Eu também. Problema seu. Mas, se não foi você quem me disse que em hebraico Deus é A Palavra, foi quem? Jurava que tinha sido você. Ele vai ligar a qualquer instante. Foi o que ele disse. Não adianta. Desligou o celular. Vai ligar de um orelhão, telefone fixo, sei lá. Agora, a gente tem que esperar. E de que adianta localizar a viatura e mandar um helicóptero pro meio do engarrafamento? São quilômetros de engarrafamento. Você sabe que eu podia te acusar de nepotismo por causa dessa história? Vai continuar dizendo que não veio pra me investigar? Não acredito que você abusou de uma louca. Oi? Eu, não. A mulher descalça. Não acredito que disse que amava ela. Não acredito que não quis saber dela no dia seguinte, depois de ter dito que amava ela. Não acredito que riu dela e que chamou ela de louca do Butantã pros amigos, no dia seguinte. Mesmo com dezenove anos, dezoito. Não justifica. O problema é amar, não é? Ninguém nunca te disse que você tem mau hálito? Que é que você está querendo dizer?

Achei que fazia parte da investigação. Não fiquei ofendida. Não precisa se desculpar. Estou acostumada. Querer não é poder. É o que diz o pastor. Você acha que o pastor também é impotente? Não foi o que eu quis dizer. Agora, se a carapuça serviu. Não estou jogando na cara de ninguém. Não disse que estava falando de você. A gente mal se conhece. A gente tem um problema pra resolver e você fica se prendendo aos detalhes. Agora vai ficar ofendido? Bom, pelo menos, se o problema fosse só esse, a questão da reprodução humana estava resolvida. Ninguém ia ter que se preocupar com crescimento e aquecimento global. Está dizendo que estou velha, não é isso? Que eu tenho um corpo horrível. Que nenhum homem pode se sentir atraído por um corpo desses. Vai me dizer que eu sou a velha dos clubes de encontros? Mas, se não leu relatório nenhum e ninguém te disse nada, como é que pode saber? Oi? Não é essa a versão do agente. Ele está dizendo que a chinesa cometeu uma burrice. Ele disse que ela só quis salvar a menina. Ele diz que prova. Há dois meses, ela tentou sair do país com a menina, sem droga nenhuma. Quando ele explicou pra ela que precisava de uma autorização dos pais, de quem pôs aquela criança no mundo. Ele está dizendo que ela aceitou levar a cocaína pra salvar a menina. Não, é claro que não sabia, ninguém sabe que é boi de piranha, senão não é boi de piranha, não é mesmo? A esta hora outra mula deve estar embarcando em outro voo. Oi? Digamos que sim. Ele disse que ela começou a chorar quando ele explicou que tudo tinha sido armado pra que ela fosse presa, pra despistar a gente, enquanto embarcavam o pó em outro voo. É o que ele diz. E a gente acredita? Ela só fala em salvar a criança. Que merda é essa que agora todo mundo é bom? Oi? E crente. Foi punida na igreja. Teve que sair da casa que dividia com outra missionária. A amiga denunciou ela pra igreja. Sei lá, fracassou numa missão. Ele não entrou em detalhes. Expulsaram ela de casa. A igreja pagava o aluguel. Ela teve que se mudar para um apartamento na Vinte e Cinco de Março. Com outra chinesa. Creche durante o dia. Ela não; a outra. Ela passava o dia fora de casa, dando aulas de chinês. Voltava pra dormir. E saía de novo antes dos pais chegarem pra deixar os filhos lá, de manhã cedo. Foi o que ele disse. Quando ela voltava, as crianças já tinham ido embora. Os pais? Só pode. Todo mundo ali trabalha pro contrabando. Os dois. O pai e a mãe da menina. A mãe trabalhava numa loja de eletrônicos. O pai era segurança. O agente disse que há cinco meses, quando a chinesa voltou pra casa, a menina ainda estava lá. É! Na creche. No apartamento. Os pais não apareceram. A menina dormiu lá. É. O pai e a mãe. Mataram os dois. Eu cheguei. É, está aqui. Faz cinco meses. Bate certinho. Acerto de contas. Não dá pra saber. Está aqui, ó, puxei no computador. Encontraram os corpos num apartamento abandonado. Quatro corpos. Foram assassinados com tiros à queima-roupa, na nuca e na cabeça. Quatro. É. Dois casais. Parece que os homens foram arrastados. Deixaram um rastro de sangue do quarto até a sala. Tinha sangue nas paredes também. Os corpos dos dois homens estavam amarrados. E as mulheres estavam descalças. Não, pelo que parece ninguém falava português. Era gente muito pobre. Vê? Foram assassinados porque queriam ir embora. Queriam salvar os filhos. Você acredita? A chinesa diz que não conhecia o casal. Foi a mulher que cuidava da creche quem contou pra ela que os pais da menina tinham sido assassinados. É. Queriam levar a menina de volta pra China. Do quê? Também não sei. Ela só diz que a menina não pode ficar. Foi o que ele disse. Ela disse que os dois casais entenderam que os filhos não podiam ficar, porque estavam se endividando cada vez mais. Estavam tentando fugir pra salvar os filhos. O que ele está dizendo é que a chinesa tentou fugir com a menina há dois meses. É. Três meses depois dos pais terem sido assassinados. E que só não conseguiu por causa da autorização. Você acredita? Eu? Não sei. Aceitou levar a droga pra poder salvar a menina. Daqui, desta cidade, deste país. Ele diz que não encontrou droga nenhuma, claro. O quê? Delação premiada, por exemplo. Propôs. Ela não tinha entendido. Não passou pela cabeça dela que ia ser denunciada antes de embarcar. É o que ele diz. Ela nunca ouviu falar em boi de piranha nem em delação premiada. Diz que negociou a passagem dela e da menina, e a autorização do juiz, depois de ter tentado fugir com a menina da primeira vez, faz dois meses, sem autorização, quando o agente explicou pra ela, aqui mesmo, que precisava de uma autorização, é, aqui mesmo, numa terça-feira, quando estava no lugar da escrivã Márcia aí na recepção. A chinesa disse pra ele que gastou tudo o que tinha com as duas passagens da primeira vez. Claro. Senão, não teria aceitado levar o pó agora. Você acredita? Autorização fajuta, claro. A menina não solta a mão dela por nada. É claro que é inadmissível. Você se vê negociando? E como é que a gente vai resolver isso? Ninguém está sabendo ainda. Além de você e eu. Foi por isso que eu te chamei. Por sorte, a escrivã Márcia está no cursinho. Claro que estou pensando! Você não? Se a menina ficar, vai começar a trabalhar com treze, catorze anos, por aí. Pra pagar a dívida dos pais. É o que a chinesa diz. Tem cinco anos. E nesse caso, qual a diferença? Por moralismo ou por humanidade, não dá no mesmo? Não? Eu acho que dá. Não sei se é melhor. Ele acredita na chinesa. Acredita em tudo. Você não? Não sei o que é que ele vê, mas a loucura é ele ter entendido da primeira vez, assim que viu a chinesa, quando explicou que ela não podia viajar com a criança sem a autorização dos pais e ela começou a chorar. E se entendeu tudo ali é porque é maluco. Você tem que concordar. Condenado! Que merda é essa? Bom, eu queria falar com você antes de tomar uma decisão. Não vou decidir sozinha. Estou sob investigação, ou não estou? Você não salvou a pele dele antes? Não trouxe ele pra cá? Foi o que eu disse pra ele! Eu disse: É traficante, sim, senhor! No banco de trás, de mãos dadas com a menina, tanto faz, é traficante! E você tem que trazer ela de volta agora! E sabe o que ele respondeu? Repetiu a história que a chinesa contou pra menina, de mãos dadas com ela no banco de trás, pra acalmar a menina! Foi o que ele disse. E você acha que eu acredito? É lógico que só podia ser em chinês, se as duas são chinesas! Em que língua mais ela ia contar? No começo, pelo menos. Ele disse que ela ia contando a história pra menina, enquanto ele dirigia até o meio do engarrafamento, onde a gente não ia poder alcançar eles, pedindo pra ela calar a boca. Ele disse pra ela que nada podia ser mais irritante do que o som insistente de uma língua que você não fala. Imagina a linguagem dos pássaros, cantando antes do nascer do sol. E foi só por isso que ela passou a contar a história em português. Foi o que ele disse. Disse que a chinesa contou a história, em português mesmo, à menina que não fala português, para não irritar ainda mais o agente, porque no fundo ela estava contando pra si mesma, pra se acalmar, disse que... [*Enquanto ouve o que diz a delegada, o estudante de chinês se lembra do que uma vez, quando ainda lhe dava aulas de chinês, a professora lhe contou: há séculos, como tudo na China, num pequeno vilarejo aninhado no fundo de um vale cercado de montanhas verdejantes, viveu um vendedor de cera, que foi o primeiro a compreender e a propor, em fórmulas e equações, muito antes de qualquer economista no Ocidente, antes mesmo de uma ciência atender pelo nome de economia, que o comércio é o equilíbrio entre a oferta e a demanda, assim como a vida é o equilíbrio entre o prazer e a fome. O mercador escreveu sua teoria, em versos, num livro cujos originais, guardados como um tesouro por seus descendentes, desapareceram na grande inundação de 1911, permanecendo apenas as cópias modernas que já não podem provar sua origem. A empresa da família do mercador sofreu o primei-*

ro revés quando o querosene passou a alimentar os lampiões, mas a derrocada veio mesmo com a invenção da lâmpada elétrica que, como as enxurradas da primavera, agora ameaçava tornar o vale tão ofuscante quanto uma imensa poça amarela a refletir o sol a pino. Não se falava em outra coisa: em alguns anos, o povoado passaria a cintilar, à noite, como um enxame de vaga-lumes. E, embora a espera tivesse que se estender ainda a lonjuras que nem a imaginação humana seria capaz de alcançar, foi nessa época promissora, prenhe de esperança, ainda sob a luz dos lampiões a querosene, que o tratado escrito fazia séculos pelo patriarca e antigo mercador de cera passou a ser lido como poesia, uma vez que de nada tinha servido como manual para evitar o desastre de uma empresa milenar e lucrativa, da qual só restava à família contar as últimas horas. A natureza do negócio pôs os descendentes do mercador de cera em rota de colisão com o progresso da humanidade. Estavam caminhando para trás, enquanto a humanidade seguia em frente. Algumas décadas depois, no que já não passava de ruína da casa senhorial que antes dominara o povoado como um palácio, nasceu uma menina a quem as tias encalhadas no lamaçal do passado teriam chamado de princesa se não estivessem sempre tão ocupadas a jogar majongue, cuja capacidade de distrair os velhos da decadência do presente é bem conhecida para muito além das fronteiras chinesas, debaixo da luz elétrica finalmente instalada pelos comunistas. E apesar de não ter nada de princesa, a menina cresceu como se fosse uma. Logo virou o alvo predileto da chacota dos coleguinhas da escola de camponeses e teria sido a vítima perfeita da Revolução Cultural se, além de presunçosa, não fosse também uma criança. Na primeira oportunidade, assim que completou dezoito anos, os pais a casaram com um homem que, apesar de remediado para os padrões locais, ganhava a vida na roça, como todo mundo naquela porcaria de vale. Os pais estavam dispostos a tudo, mesmo a casar a filha com um bugre qualquer,

pra se livrar da bomba-relógio de burrice na qual tinha se conver-
tido a menina presunçosa, sempre a alardear aos quatro ventos o
passado burguês da família, como um trunfo. Achavam que mais
cedo ou mais tarde cairiam em desgraça por causa dela. Tinha
nascido com todos os atributos ideológicos da antirrevolucionária.
Só pensava em sair daquele buraco. Logo engravidou da primeira
filha. E da segunda. Mas era um filho que ela tanto queria meter
no mundo, como todo chinês. E quando ficou grávida pela tercei-
ra vez, em lugar de abortar, já em completa violação da política
do filho único à qual toda família chinesa devia estar submetida,
obrigou o marido a levá-la a um povoado distante, onde ninguém
a conhecia, e a deixá-la ali, escondida, até o nascimento do filho.]
Oi? Quem disse? O boçal aí ao lado? E como é que ele sabe?
Aluno dela? Então, parece que ela conta a mesma história pra
todo mundo. A história da vida dela. A mãe não fugiu pra ela
poder nascer, não fugiu na esperança de ter um menino? Mas,
em vez de filho, deu à luz uma traficante, não é isso? Parece que,
mesmo em português, a voz dela é capaz de tirar qualquer um
do sério, a ponto do agente ter pensado em se livrar dela no meio do
trânsito, dessa mesma mulher que, num ato irrefletido e tão incompreensível quanto a língua que ela fala, horas antes ele tinha
decidido salvar. Pra você ver! Não pôs pra fora do carro, mas
mandou ela calar a boca. Só que parece que o efeito foi de curta
duração, porque, pouco depois de ver, pelo retrovisor, a expressão aterrorizada das duas caladas no banco de trás, voltou a ouvir
a voz exasperante e, pior, falando de novo em chinês. Num instante, eles estavam no meio do engarrafamento. E aí, notando
pelo retrovisor a apreensão dela, e um pouco por culpa e um
pouco por compaixão também, ele decidiu acalmar a chinesa.
É, foi o que ele disse. Perguntou se ela estava preocupada. Perguntou se ela sabia o que estava causando aquela baderna toda.
Ele explicou pra ela o que é o Brasil, o país de onde ela estava

tentando salvar essa menina. [*Enquanto ouve a delegada, o estudante de chinês imagina o que ele próprio teria dito para acalmar sua ex-professora de chinês, se estivesse no lugar do agente que a sequestrou:* 'Está preocupada? Na China não é assim? Não lê jornal? Se fugiu da China, não foi pra ler jornal no Brasil, não é? Não tem por que saber o que está causando essa baderna. Não é nada. Já, já passa. Eu devia ter feito outro caminho. Também não leio os jornais. Esqueci completamente que a filha do cantor sertanejo estava pra parir. É, o cantor sertanejo acaba de ganhar um neto. Você não gosta de música sertaneja? Não faz essa cara. A filha do cantor sertanejo pariu. Pronto. E todo mundo veio comemorar na porta do hospital. Criança, idoso, doente, dona de casa, desocupado, empregado, desempregado, racional e senil, pai, mãe, cachorro, periquito, padrasto, madrasta, sorveteiro, padeiro, açougueiro, bancário, torcedor, guarda de trânsito, papa-defunto, todo mundo festejando o nascimento do neto prematuro do cantor sertanejo. Como Jesus. Que cara é essa? Quando Jesus nasceu, também veio gente de tudo que é lado pra comemorar. Se Jesus nascesse hoje, você pode imaginar o engarrafamento? Você quer que eu ponha a sirene? Não? Fique tranquila. Não ligo a sirene. Eu estava ouvindo aí a sua história, em chinês, e não é que estava entendendo? Perdi uma coisa ou outra, lógico, mas o grosso eu peguei. Eu sei a sua história. Entendi a sua história na hora que te vi, faz dois meses. Entendi sem que você precisasse falar. Por favor, não faz essa cara. Vai dizer que não se lembra de mim? Você queria uma autorização pra embarcar com a menina pra China. Subiu na delegacia pra conseguir a autorização. Era eu. Lembra? Não era você? É lógico que era eu. Eu entendi metade da sua história ali, com você desesperada, chorando, agarrada à menina. Ficou desesperada porque viu seu plano de fugir do Brasil indo embora pelo ralo. Eu também fiquei estarrecido. Eu sei o que é isso. Eu também quero sair daqui. Também estou tentando sair* *daqui. Naquele dia, eu entendi a primeira parte da sua história. A segunda parte, eu entendi hoje, quando ligaram pro aeroporto pra dizer que uma chinesa estava embarcando pra China, e que ia fazer conexão em Madri, com seis quilos de cocaína. Por favor, não faz essa cara, como se não soubesse. Me corta o coração. Eles te enganaram. Provavelmente, o próprio cara que te contratou. Mula. Toda denúncia é anônima, você não sabe? E basta uma denúncia anônima, provavelmente do cara que te contratou, pra você passar de mula a boi de piranha. Também não sabe o que é boi de piranha? Você joga um boi magro e doente pros peixes, peixe carnívoro, é lógico, enquanto a boiada atravessa do outro lado do rio. É lógico que você não deixa de ser mula, sendo boi de piranha. Quase todo boi de piranha é mula também. E como é que não passou pela sua cabecinha de mula que você estava sendo traída? Não faz essa cara, por favor! Eles te denunciaram pra distrair a gente, é lógico. Bastou eu ouvir que uma chinesa estava embarcando pra China com uma criança, levando seis quilos de cocaína, pra entender que você estava sendo usada, pra me lembrar de você e, juntando uma coisa com a outra, entender a segunda parte da sua história. Você resolveu correr o risco de passar o resto dos seus dias num presídio com o triplo da lotação, pra tentar salvar a menina, não é? Eu sei. E foi por isso que eu te tirei da fila antes que eles te prendessem, você está entendendo? Não precisa fazer essa cara de mula pra fazer jus ao trabalho. Eu também quero salvar a menina. Mas como é que você foi fazer uma coisa dessas? Eu sei, perdeu a cabeça. Eu também perdi faz três anos. Três anos! Eu entendi a sua história, inteirinha, assim que te vi na fila do check-in. Eu sei do que vocês estão fugindo. Eu sei que história você estava contando pra ela'.*] Não é verossímil? Foi o que ele me disse no telefone. Todo mundo é um pouco burro. Vou ter que repetir? Só existe inteligência por comparação. O que ele está dizendo é que ainda dá pra salvar a menina. É claro que a chinesa é burra. É claro que é boi de piranha. E você queria o quê? Ele vai ligar a qualquer instante. A gente vai ter que esperar. Ele não via antes de ser enviado ao arraial tântrico. Ideia de jerico. A sua, claro. De quem mais? Você fez tudo pra mandarem ele pra fronteira logo no primeiro posto! E depois traz ele pra cá? Desculpe a sinceridade, mas só falta zurrar. Inutilizado? Você tem coragem de me dizer isso agora? Você por acaso achou que ia salvar ele e se redimir da culpa, trazendo ele pra cá? E daí que era sob a sua supervisão?! E eu? Não pensou em mim? Abuso de poder, sim, senhor. Eu não tenho nada com isso, você entende? Se a mãe andava descalça na rua, gritando, e ele ia atrás dela em silêncio, até onde ela fosse, pra trazer ela de volta pra casa, não é da minha conta. O que eu sei é que neste exato momento outra mula deve estar embarcando em outro voo com uma carga muito maior que a da chinesa. É isso que eu sei. Que é que você quer que eu faça? Me diz. Ponha-se no meu lugar. Ele vai ligar. Você tem uma contraproposta? Oi? Você está dizendo que nós vamos levar a proposta dele em conta? É isso, não é, que você está dizendo? Não, basta responder. Pra mim, tanto faz a esta altura. Eu só quero saber se é isso mesmo que você está querendo dizer. É ou não é? Você veio pra me investigar, não veio? Pois então, agora me diz. Porque eu não vou resolver isso sozinha. Nós vamos negociar com ele? Vê o quê? Só posso imaginar a decepção dele quando viu o corpo do índio morto, por causa dele, a única pessoa no mundo que podia dizer o nome de Deus, fora o missionário, me corrige se eu estiver errada, por favor, o corpo do índio assassinado pelo missionário com a desculpa de salvar a vida do agente, não foi isso? O missionário disse, chorando sobre o cadáver do índio: 'Nós decidimos o que é certo e o que é ilusão', está escrito aqui, no relatório, também já ouvi isso antes, parece letra de MPB. Foi a mesma coisa que ele me disse há pouco no telefone: 'Nós decidimos o que é certo e o que é ilusão'. Que é que te parece? Você acha que eu estou sendo irônica? Mesmo? Compreendo perfeitamente a gravidade da situação. Quero ser crente como todo mundo. Você disse que ele nunca voltou completamente. Quer dizer que ele sabe o que está acontecendo em volta mas sonha acordado? Age na realidade, enquanto sonha. E você quer que eu acredite? Como é? Enquanto age na realidade, lembra de sonhos que nunca teve, como se tivesse tido, na velocidade dos sonhos, porque sonha agora ao mesmo tempo que vive. Nem repetindo. Não sei se entendi. Continua agindo na realidade, mas vendo coisas que acontecem nos sonhos; acha que está lembrando de sonhos passados, mas são sonhos que nunca teve e dos quais não pode lembrar, simplesmente porque, como acaba entendendo, está sonhando agora mesmo, no presente, neste momento em que acha que está se lembrando deles. Oi? Consciência paralela? Ele vê no sonho, embora esteja acordado. Não? Vê a realidade e o sonho, ao mesmo tempo. Mas não consigo perceber. Não, não consigo. Não é difícil; é dificílimo. Você não vai me fazer acreditar nisso. Tudo bem, em Jesus e no que mais você quiser, mas não numa história sem pé nem cabeça como essa. Ele diz que é o inferno? Posso imaginar. Sonhar acordado! Quer pior castigo? [*O estudante de chinês fecha os olhos e tenta sonhar acordado, como o agente, imagina que lembra de sonhos que, por nunca terem sido sonhados, só pode estar sonhando agora, e, de olhos fechados, procura imaginar o mundo inimaginável ao qual se refere a única língua que, a crer no missionário, é capaz de dizer Deus e que sobrevive graças a ele e a mais ninguém: é um mundo que lembra curiosamente o cenário dos antigos filmes de Tarzan, que o estudante de chinês via na infância, nas festinhas de aniversário, quando não passavam os antigos filmes de James Bond. Imagina uma floresta virgem através da qual despontam montanhas rochosas em direção às nuvens. No cocuruto de uma delas, entre o dossel verdejante* e as nuvens, vivem as amazonas, mulheres guerreiras entre as quais ele reconhece, de repente, a ex-professora de chinês, correndo de um lado para outro, com um arco e uma flecha nas mãos. Está impaciente, vestida com um biquíni de couro de gorila que a torna muito sexy, dando ao biotipo antes tísico a compleição de Raquel Welch quando jovem. Durante semanas depois da festinha na qual, aos oito anos, tivera o prazer de descobrir a cidade das amazonas num filme de Tarzan, o estudante de chinês sonhou com a referida cidade: no sonho, era capturado pelas amazonas e levado até a líder delas no cocuruto da montanha. Amarrado, amordaçado e pendurado numa vara horizontal, antes de ser carregado como um animal alvejado pelas flechas das amazonas até sua líder. Na época do sonho, o que mais o intrigara foi ver que a chefe das amazonas não possuía rosto (o rosto estava borrado) — e que, portanto, ele não podia reconhecer nela nenhuma expressão decifrável, nem de prazer nem de repulsa, ao recebê-lo. Qual não é sua surpresa agora, enquanto sonha acordado, imaginando o mundo ao qual poderia se referir aquela língua inimaginável, falada apenas por dois indivíduos (e, depois da morte do índio, por um só, que insiste em se manter calado), ao reconhecer que o rosto da chefe das amazonas é na verdade o da ex-professora de chinês, que lhe estende os braços, dando-lhe as boas-vindas, e repete a frase que ele não entendeu, enquanto ela era levada à força da fila do check-in, antes de desaparecer de novo, a frase que ele continua sem entender no sonho acordado. No mundo das amazonas imaginado pelo estudante de chinês, onde coincidentemente se fala chinês e também a única língua capaz de dizer Deus, depois de ele ter sido levado ao palácio das amazonas e descoberto que a líder delas não era outra senão sua ex-professora, o estudante de chinês é confinado num quarto no alto de uma torre, de onde tem a vista do dossel de árvores tropicais que se estende até o horizonte. À noite, quando já dorme a sono solto depois do dia cansativo, o *estudante de chinês desperta com batidas à porta, tão fortes que lhe dão a impressão de que a visita do outro lado deseja derrubá--la. Ele acorda assustado, pula da cama e pergunta: 'Quem é?!'. A porta se abre lentamente, com um rangido. Entra a professora de chinês, ainda vestindo o biquíni de couro de gorila, e se dirige ao estudante de chinês na língua que ele deveria, se não dominar, ao menos compreender, nem que fosse por tê-la estudado durante os seis piores anos de sua vida: 'Yi ge liu yan shuo dao' (Tenho um recadinho pra você), mas ele não entende. 'Zhi shi tong zhi ni' (Só pra te avisar...), mas ele continua sem entender. E, de repente, a professora de chinês arremata com uma frase que ao aluno soa inexplicavelmente límpida, como a neve e o português: '... que amanhã começam as provas e que você vai participar'. O estudante de chinês fica perplexo. Provas? 'Dou hao ma?' (Tudo bem?), ela pergunta por perguntar, como se ele ainda tivesse alguma escolha. Ele não sabe o que responder, e nem precisa explicar que não se preparou, que não estudou nada — tudo já está demasiado claro pelo seu silêncio. 'Wo men ti gong shi ying shi chang hang qing de gong zi' (Oferecemos salário compatível com o mercado), ela acrescenta. Ele não sabe do que ela está falando, mas tanto faz, porque, a esta altura, já deixou de entender de novo.]* E o que é que ele vê? Premonição? Ele já veio sonhando acordado, quando você convenceu a superintendência a lotar ele aqui! Você tem ótimos contatos. Pôs um doido aqui dentro e achou que pudesse controlar a situação! Ele não sonha; delira. Então, o quê? Vê! Vê o quê? Ele tem uma proposta. Sabe que estamos com o boçal aí ao lado. [*O estudante de chinês volta a si, como se despertasse de um sono profundo, afasta por um segundo o ouvido da divisória ordinária e se recompõe.*] A chinesa não confia em mais ninguém. Não importa, boçal ou não, ela só confia no ex--aluno. Quando ele ligar, você fala com ele. Quem disse que ele está te desafiando? Ele só quer salvar a menina. Ele diz que a chinesa é uma forte candidata à delação premiada. Ela está disposta a falar da igreja também. Ele quer propor uma solução negociada. E é aí que entra o boçal. Oi? E qual é o problema com os meios de comunicação? Não entendi. Ele acha que há um problema de comunicação? Wi-fi? Pediu? Direito nenhum! E o que é que os meios de comunicação têm a ver com isso? Bloqueado, sim, senhor. Aqui não é presídio. Não tem moleza de celular. Você arrumou a encrenca. Agora, resolva. Afinal, pra que é que você está aqui? Afinal, que foi que eles te disseram? Não disseram que estou louca? Que me envolvi com a igreja? Que estou nas mãos de um pastor? Que tenho problemas psicológicos? Que preciso ser humilhada? Que procuro a humilhação como quem busca o castigo ou o prazer? Qual a diferença? Não te disseram que estou comprometendo as ações da polícia? Que preciso ser afastada o mais rápido possível? Que me entreguei a um clube de encontros? Não foi isso que te disseram?" [*E, de repente, pela primeira vez, o estudante de chinês não precisa imaginar mais nada, porque passa a ouvir também a voz do delegado, cristalina como uma manhã de inverno e a língua portuguesa, como se o delegado tivesse se aproximado da divisória ordinária e da mulher e já não restasse dúvida quanto à realidade do que dizem um ao outro.*]

"Não. Disseram que você perdeu uma criança."

"Perder é gentileza. Você sabe que não é esse o verbo. Que mais eles te disseram?"

"Disseram que você matou o menino por engano."

"Não te disseram que foi em legítima defesa?"

"Disseram que ele não estava armado."

"Não te disseram que ele já era um homem?"

"Disseram que ele tinha sido posto pra fora de casa aos catorze anos. Disseram que voltou, porque precisava de dinheiro pra comprar uma pedra de crack, mas que não estava armado."

"Então, eles te disseram que ele era meu filho?"

"Disseram que desde então você não entende o que está acontecendo, prendeu gente errada, não acompanha as mudanças do mundo, está velha, não serve mais, ficou presa ao passado."

"Não te disseram que ele tinha tentado me matar antes?"

"Não."

"Eles te disseram que eu me enganei?"

"Disseram que foi um erro, que você achou que fosse um assalto. Disseram que você se confundiu."

"E você acreditou?"

III. A LÍNGUA DO PRESENTE

Os chineses serão excelentes turistas.
Michel Houellebecq

"Gay? Eu? Gay é a puta que pariu! Quem disse que perguntar não ofende?! Só porque não quero ter filhos? Eu? Eu disse? Dei a entender. E o que é que tem a ver o cu com as calças?! Não é assim que se fala aqui? E a sua amiga aí ao lado? Como, quem? Gay hoje quer ter filho! E me diga se não tenho razão. Me diga se não tenho razão pra não querer ter filho, depois de tudo o que ouvi na sala aí ao lado. Me diga. Não estou coberto de razão? O que é que o senhor acha que eu ouvi? Tudo. Quer dizer, o suficiente. Quase tudo o que ela disse. O senhor está de sacanagem? A delegada. Como, que delegada? A única. A que eu ouvi falando na sala aí ao lado. É, sim, senhor. Ouvi, sim, senhor. Não tem? Nenhuma delegada? Então, quem é que estava falando com o senhor? Não? E quem foi que vendeu a alma à igreja? O senhor é que só pode estar de sacanagem! Então, não tem delegada? Certo. O senhor é o único delegado aqui. Não, claro. Todo o respeito. O senhor acha que todo mundo é crente? Entendo. É mais que compreensível. Eu também não ia gostar de ser chamado de delegado substituto. Nem por homem nem por mulher. Imagine! Mas gay? Digamos que não haja mesmo nenhuma delegada titular aí ao lado, como o senhor diz. Então, quem foi que matou o filho? Como, que loucura é essa?! Eu? Eu disse!? Dei a entender? Puta que pariu! E o que é que o senhor quer que eu diga?! Preferia nascer morto ou aleijado a nascer gay! Até nascia preto se precisasse, mas gay?! E o que é que se diz numa hora dessas? Que é que o senhor quer que eu diga? Puta que pariu, sim, senhor! Puta que pariu! Puta que pariu! Mil vezes puta que o pariu! [*Enquanto repete ao delegado toda a sua indignação, o estudante de chinês percebe, de repente, que não tem absolutamente para onde ir nem razão para ir a lugar nenhum, que dizer para continuar falando.*] Prende! Pode prender. Prende, sim. Que é que está esperando? Como se eu já não estivesse preso! Onde é que estamos? Eu tenho direito a um advogado. Ou não tenho? É o fim do mundo, é?! Quem? Ex! Ex-professora de chinês. Ela?! Ela disse?! Quando? Gay?! Esperou até a lição 22 do quarto livro do curso intermediário de chinês para descobrir que eu era veado? O quê? Não era? Sou? Puta que pariu! Sou veado!? Era o que faltava. Que missão?! Ela falhou. Certo. Falhou comigo? O quê? Não converteu? Deixou a escola porque falhou comigo? Mas de onde a idiota tirou que eu era gay? O.k. Que eu sou gay, tanto faz. O senhor percebe que o tempo aqui não tem a menor importância? Não percebe? De onde ela tirou que eu sou gay?! Divorciado, e daí?, claro que sou divorciado. O senhor tinha que conhecer a minha mulher. Ex-mulher. Ninguém merece passar o que eu passei. Passei, não; estou passando! Achei que tivesse acabado. Mas minha mulher é atriz. O quê? Porque não quis me casar com a professora de chinês? Como é que é?! Missão da igreja. Punida por quem? Mas por que eu? Eu só queria aprender chinês e esquecer a minha mulher! Mas nem pra ensinar chinês a idiota servia! Chu, su, ku. Maldita a hora em que fui dizer que ela era boa professora. E quis ficar com ela. Mesmo com aquele sotaque de merda do sul da China. É isso que dá querer ajudar os fracos e os oprimidos! O bem e a verdade são incompatíveis! Ninguém fala daquele jeito em Pequim. É isso que dá seguir os passos de Jesus! Fiquei com pena. Fui magnânimo! Ninguém deve ter pena, nunca. Sotaque do sul da China! A pessoa entende errado. É isso que dá! O ser humano é uma merda. E não tem mais desculpa coisa nenhuma. Merda, sim, senhor! Chu, su, ku, sim, senhor! O senhor sabia que o tomate tem mais genes que o homem? Pois leia os jornais. Ler jornal é a última coisa que o deprimido deixa de fazer antes de se matar. O tomate. E não é pra menos. A gente quer ajudar e olha só o que acaba recebendo! Veado! Que indiretas?! Nunca disse pra ela que o homem é um ser suicida! Nunca! Pro senhor! Disse pro senhor?! Quando? Agorinha? Que agorinha é o caralho! Nunca disse pra ela que a reprodução era a morte! Nunca dei indireta nenhuma. Estava tentando aprender chinês! O quê?! Desmunhequei? Desmunhequei?! E o senhor ainda quer que eu me controle? Como é que é? Eu nunca disse pra ela que nem a consciência do mal era capaz de fazer o homem parar de se reproduzir! Eu nunca disse essa frase. Nem em chinês nem em língua nenhuma. Deduziu? Porque eu não tinha filhos?! É uma imbecil! Minha ex-professora de chinês é uma imbecil! Como se eu não soubesse! Só porque não quero ter filhos? Minha mulher queria ter filho de qualquer jeito. O quiroprático também. Feitos um para o outro. Não vai me dizer agora que toda pessoa guarda uma história. Não é isso que está querendo dizer, é? Que todo mundo esconde alguma coisa, que toda pessoa tem uma história pra contar? Que por trás do que eu digo, estou dizendo outra coisa? Não é isso, é? Porque isso aí tem nome. Não é esperança; é crença! Será que sou eu que estou ficando louco? Ou são vocês? O senhor e a delegada aí ao lado. Não tem? Claro. O.k. Vou acreditar que não tem nenhuma delegada aí ao lado. O que eu ouvi foi obra da minha imaginação. A realidade não existe. Eu não estou aqui. Não tem nenhuma delegada aí do lado. Tudo fruto da imaginação. Do quê? Ah, da minha loucura! Claro. Vou me fingir de crente, como o senhor. Imaginei uma delegada. Claro. Porque estou fodido. O que a mente humana não faz numa situação dessas? O que é a mente humana, hein? É o quê? Ela não usou essa palavra! Não a minha professora de chinês. Como é que uma chinesa vai usar uma palavra como essa numa língua que ela não fala? O quê? Fala mal. Bom, raivoso, sim. É óbvio que aceito quem eu sou. Só não aceitaria se fosse gay. Que problema com Deus? Mas é uma completa idiota! Como é que eu não vi antes? Como é que fui me deixar enganar? Como é que uma chinesa do sul da China vai saber se Deus existe? Vai se foder! Não o senhor. Vai se foder, em geral, sem sujeito. Quero, quero sair daqui. Como é que pode estar na cara? Quem disse? Mas isso aqui é polícia ou sessão de psicanálise? A mesma coisa é o caralho! Como não faz diferença? Édipo?! É só o que o senhor tem a dizer? Pois não vou dizer mais nada. Quero meu advogado. Agora. É, isso mesmo. Pode escrever. Quero meu advogado. Quer maior truculência do que manter um inocente preso sem explicação e ainda chamar ele de gay e de filho da puta? Ah, é? Não falou em Édipo? Aposto que se eu tivesse enchido a sua boca de bufunfa, o senhor já tinha se calado e me deixado ir embora. Eu? Ah, é?! Mesmo? Desacato? Não estou subornando ninguém. Aposto que já tinha saído daqui. Da próxima vez, vou fingir que sou rico. Não pago mais imposto, pra que pagar?, pra ficar detido na polícia depois de pagar os olhos da cara pela porra de uma passagem pra China? Quem quer ir pra China se está todo mundo saindo de lá? Todo mundo está lendo James Joyce na China. Onde é que eu estava com a cabeça quando resolvi ir pra China? Mas já disse que não via a idiota desde que ela me abandonou no meio da lição 22 do quarto livro do curso intermediário. Dois anos! Envolvido com o quê? Que é que o senhor está querendo dizer? Ela me dava aulas de chinês! O senhor quer que eu repita em chinês? Para provar o que estou dizendo? *Ta shi laoshi. Wo shi xuesheng.* Não quer? Como? *Mi?* Eu já disse. Depende do tom. Pode ser um monte de coisa. Se eu pudesse, pelo menos, ver o caractere. Ah, é? Tem? Esse? Bem, não sei. Também não. Nunca vi. Mas isso não quer dizer nada. Não conheço um monte de caractere. Eu só cheguei à lição 22 do quarto livro do curso intermediário. Posso não saber o que quer dizer, mas não quer dizer que eu não seja estudante de chinês. É só ligar pra escola de chinês e perguntar. Ela disse? Que teste? O único teste na escola era teste de chinês. Não? Como não? Não passei no teste? Ela é que não passou? Ela era a professora. Eu é que era o aluno. Teste da igreja? Todo crente recebe uma missão na vida. Claro. Tem que provar. Conheço um monte de... Certo. O.k. Vamos respeitar a religião dos outros. Certo. Se quisermos que respeitem a nossa. Isso mesmo. Vamos fazer isso agora. Vamos respeitar a religião dos outros. Mas e se essa igreja dissesse que o senhor era veado? Aí é que eu queria ver o respeito. O senhor ia ficar contente? Não disse? Eu? Mas que porra é essa de igreja que acha que aluno de chinês que não quer casar com a professora é gay?! Como? Divorciado. Puta que pariu! Que mundo é esse?! Puta que pariu! Blasfêmia? Blasfêmia é me chamar de gay! Pode autuar. Filhos da puta! É, palavrão. É isso mesmo, palavrão, sim, senhor! Prende! Autua! Vai, manda prender! E já não estou preso? Pior? Que é que o senhor está querendo dizer? E o que é que eu tenho que ver com a sorte dos gays na cadeia? Eu não estou nem aí pra sorte dos gays na cadeia! Quero que os gays se fodam todos! Devia? Por quê? Mas quantas vezes vou ter que repetir que não sou gay?! O quê? Em chinês? Não, ela não ensinou. Não, não sei dizer em chinês. Como é que eu posso saber? Ela abandonou o curso intermediário no meio da lição 22. No livro? Não, nenhum gay. Não tem gay na China. Mas, afinal, o que é que tem a ver o cu com as calças? Prende! Pode mandar prender. Pelo menos, saio dessa porcaria de sala sem janela. Dá pra ligar o ar? Tá ligado? Estou sufocando. O.k. O senhor é quem liga. Um pouco. E queria que eu estivesse como? Liga na hora que quiser ligar. Certo. Eu tenho cara de otário? Se não está ligado, é por economia. Porque mandaram o senhor desligar pra fazer economia. Eu sei como é isso. Eu não ficava aqui um dia sem ar-condicionado e sem wi-fi. E, antes que eu me esqueça, pode ir me arrumando um advogado. É, agora. Já. Vou processar vocês e a professora de chinês. Por difamação e calúnia. Gay! Não precisa dar sua autorização, eu sei muito bem o que eu posso e o que eu não posso, conheço meus direitos. Pois processo vocês e a professora de chinês quando estiver preso por desacato à autoridade. Não importa. Estou cagando. E não vou parar de dizer palavrão até me tirarem desta merda desta sala sem janela da porra. Amordaça! Quero ver! Algema e amordaça! Revista? Que revista? Lembro. Ela me deu a revista da igreja, sim. E daí? Na capa? Um casal. Como? Sorrindo. É! Como é que o senhor sabe? Casamento. Claro, era um número especial sobre o casamento. Eu? Burro? Que história é essa? E por que é que eu tinha que achar que aquilo era uma indireta? E, depois, que é que eu tenho a ver com a missão dela na igreja? Me salvar do quê? E como é que eu ia saber que eu era gay, na cabeça dela? Desculpe, que eu sou gay! Como é que ia saber?! Isso aqui é um manicômio? É claro que estou entendendo que ela contou, mas isso não quer dizer que ela esteja dizendo a verdade. E que não seja uma idiota. Eu estou dizendo que não sou gay, porra! Só porque eu não quero me reproduzir? Porque não quero mais gente igual a mim no mundo? Tudo o que gay quer hoje é reproduzir. Contradição? O senhor acha? Não estou dizendo? Chinês é a solução. Não tem contradição em chinês. Chinês quando quer matar, mata; quando quer torturar, tortura. Se não quer reproduzir, é gay? Que subconsciente é o caralho! Respeito? E quer saber? Se eu fosse a dona da escola, também não dava aumento nenhum pra ela. Não perguntou, mas eu estou dizendo. Também não perguntei nada e o senhor continua me xingando. De quê? De gay! Ou não xingou? Gay não é xingamento? Desde quando?! Pro senhor! Pro senhor! Como é que gay não é xingamento? Não disse? Ora, não me venha com papo furado! Puta que pariu. Gay! Minha mulher me deixou por um quiroprático e vocês me chamam de gay?! Quiroprático americano! Não, não é daí que vem o meu antiamericanismo. Não tenho culpa se a vasectomia deu errado! O médico era brasileiro. Minha ex-mulher disse que era obra de Deus. Na língua dela, a incompetência tem outro nome: Deus. Deus queria que ela tivesse filhos. E ela queria ter filhos. Eu, não; ela! Dois abortos. Três, se contar o que perdeu sozinha, por conta própria. Obriguei, mas não era minha culpa. Não fui obrigado a fazer uma vasectomia? Então! Não é minha culpa se a operação deu errado. Ela usurpou meus espermatozoides! Não é roubo? Ah, não? Não vou dizer mais nada! Pode chamar um advogado! Tem ideia do que é viver no mesmo país e na mesma cidade da mulher que te abandonou por um quiroprático americano? Sabe o que é poder encontrar ela a qualquer instante, na rua, no restaurante, e nunca encontrar, e viver esperando e pensando nesse encontro todos os dias e todas as noites, a cada minuto durante sete anos, sonhando com a possibilidade de voltar a viver com ela, isso quando consegue dormir, porque em geral não consegue, porque só consegue dormir ao lado dela, e todos os dias, durante sete anos, em alguma hora do dia ou da noite, sem falta, passar em frente à casa onde ela mora, pra ver se ela está em casa e se a luz está acesa? Sabe o que é? Sabe o que é viver no país e na cidade da possibilidade? Onde vai ser sempre possível rever a mulher que te deu um pé na bunda? Sabe o que é isso? Já teve medo de viver? E de sair na rua? Quer pior horror do que viver onde ainda parece possível mesmo se já não é possível há muito tempo? Não tem nada pior do que esperar! O senhor tem esperança? O senhor por acaso tem ideia do horror que é ter esperança? E viver no país da esperança? É claro que eu quero sair daqui! Alguém me mande pra China, pra bem longe dela, pra onde não há a menor possibilidade da gente se encontrar, nem se eu quiser, o país da impossibilidade e da desesperança e da descrença, onde nem a língua eu espero um dia entender, onde a possibilidade de estar ao lado dela não existe nem na imaginação! A esperança é a porta do inferno! Não estou histérico! Não vou parar de gritar! Quero falar com a delegada! É claro que tem, eu ouvi ela falando aí ao lado. Ouvi quase tudo o que ela disse. Como é que foi que aconteceu? Como, o quê? Como foi que ela matou o filho? A delegada, quem mais?! Não adianta dizer que não tem. Eu ouvi ela falando aí ao lado. Vou perder o meu voo! O senhor sabe quanto custa uma passagem de executiva pra China? Não quer saber? Pois devia. Mais que o seu salário provavelmente. Pois fique sabendo. Eu imagino. Mas eu já respondi tudo o que sabia. Já disse tudo o que eu sei sobre a minha ex-professora de chinês. Não sei o que ela estava levando pra China, nem quero saber. Não era pra China? Não estou me fazendo de desentendido. É claro que eu sei que o voo faz escala em Madri. Eu mesmo estaria nesse voo se não tivesse sido abduzido. Comprei a passagem com dinheiro honesto. Companhia aérea chinesa. Que pergunta! Não estamos no mundo da concorrência e da livre escolha? Pra já ir praticando com a aeromoça. Se o senhor fizer as contas, dá mais de um dia dentro do avião até Xangai. E se é pra pagar pra passar mais de um dia espremido dentro de um avião, melhor que seja entre chineses. É lógico que tinha outras opções. Mas não ia ficar mais de vinte e quatro horas dentro de um avião, à toa, conversando com a aeromoça em alemão, certo? Se eu falasse alemão, claro. Espremido entre alemães. Fui estudar chinês! Por favor! E, depois, pense bem: não é muito mais fácil encontrar neonazistas em companhia europeia do que em companhia chinesa? Neonazista tem horror de companhia estrangeira. Pra que correr o risco de viajar doze horas, até a primeira escala pelo menos, sentado do lado de um neonazista? Resolvi unir o útil ao agradável e transformar a viagem num intensivão. E além da aeromoça, ainda posso praticar com os passageiros. Chinês também prefere viajar em companhia chinesa, como os neonazistas nas companhias dos países deles. Ah, é? Me diga um povo que não é racista. Me diga um só. Sim? Brasileiro? Bingo! Ganhou uma bala. Se o senhor quiser, claro. Como? Se tem uma pessoa de sacanagem aqui, certamente não sou eu. Não, não, não! Não precisa chamar ninguém. Vamos combinar. Nossa conversa não está avançando. Ou está? Me diga, porque não estou entendendo. Eu paro de gritar, respondo mais duas ou três perguntas, sem xingamento, com respeito, e o senhor me deixa embarcar agora, no voo das seis. Que tal? Daqui a pouco, eles fecham o check-in. O quê? Eu já entendi, mas o senhor não está vendo que não chegamos a lugar nenhum? Reconheça que o seu método de interrogatório não é bom. É pífio, pra falar a verdade. Desculpe. Desculpe. Des-cul-pe! Não gri-ta! Porra! Não grita! Não aguento mais! Minha família? Como assim, avisar minha família? Não tenho família. Já disse que ela me deixou pelo quiroprático depois de três abortos. Já disse que não tenho família nenhuma. E quantas vezes vou ter que repetir que não sou gay?! Em chinês? Já disse que não sei. O quê? Como assim, só saio quando disser como é gay em chinês?! Que merda é essa?! Respeito? Pois o senhor me respeite primeiro! Está, sim. Está de sacanagem. Provar o quê? Mas eu já disse que ela me dava aulas de chinês! Velho? Não tem idade pra começar a aprender língua. Aliás, se eu fosse o senhor, me matriculava hoje mesmo. *Bu yao ba jin tian de shi tui dao ming tian qu zuo.* Não deixe pra amanhã o que pode fazer hoje. Depois, não diga que não avisei. Não sei dizer gay em chinês. Eu já disse. NÃO SEI DIZER GAY EM CHINÊS! Porque ela não ensinou. Ela é crente! Mas posso dizer outras coisas: borboleta, joaninha, arco-íris, primavera, formiguinha, peixinho. Livro pra criança. Escola de adulto. Era o que eles tinham. Chinês faz milagre com o que tem, come tudo o que vê pela frente. Povo muito trabalhador. O material didático que estivesse disponível. É difícil arrumar livro didático em chinês. Pagando, até eu. Eles queriam de graça, claro. Xerox. Vendiam o xerox. Eu sei que é ilegal. Contrabando é diferente. Igreja também. Igreja tem dinheiro, pode imprimir quantas revistas quiser sobre o casamento. Sabe quanto fatura igreja no Brasil? Não lê jornal? Mais de vinte bilhões por ano! Sabe o que é isso? Juntas, claro, todas juntas! Imprimem o que quiserem. Sobre o casamento e o escambau. Em chinês, óbvio. Pro público chinês. No Brasil, sim, no Brasil, só pode ser no Brasil. Tem um monte de chinês no Brasil pronto para se encontrar com Jesus. Não. A quiropraxia é a ciência de apertar as pessoas até estalar a coluna vertebral. A exemplo das jiboias. Nenhum antiamericanismo. Jiboia é brasileira. Ele apertou minha mulher, pronto. Apertou. E daí? Quem é que disse? Como é que o senhor sabe? Eu não sei. É, dizem que é bonitão. Já disse que não sou gay. O senhor é que está me induzindo a dizer essas coisas. Bom, diziam que fazia milagres. Tipo mágico. Aperta aqui e dói ali. Um negócio primário. Tipo embusteiro. Isso mesmo. Embusteiro. Golpe pra perua cair. Que é que eu vou fazer? Minha ex-mulher estava com dor nas costas. Quem? Minha ex-professora de chinês. Que missão? Eu? A história dela? Tá de brincadeira. Ela diz que só confia em mim? E onde é que ela está? Onde é que vocês meteram a minha professora de chinês? Só quero ver como é que vão se explicar na hora que eles invadirem. O senhor está sabendo, né? Ou acha que eles vão ficar observando de braços cruzados vocês darem sumiço em cidadãos chineses? Mesmo sendo do sul da China. Não, não, não. O mundo já fez o diabo com eles. Agora é a vez deles. E não vai ser um delegado substituto qualquer de um país de periferia, que mal tem quinhentos anos de história, quem vai ensinar pra eles como é que se dá sumiço numa professora de chinês. Europeu acredita que o futuro do mundo depende de um mapa geopolítico baseado na insularidade euro-asiática. Insularidade. Não sabe o que China quer dizer? País do meio. Nação central. Então? Centro do mundo. Em chinês, claro. Só pode ser em chinês. Quem mais ia chamar a China de centro do mundo? Americano? Índio? Africano? Preto? Não, não, não. Isso é coisa do passado recente. A China é o futuro. Futuro nada! A China é o presente! Eles têm uma civilização milenar nas costas. Já foram humilhados até rastejarem e lamberem as botas do resto do mundo. Saqueados. Currados. Fodidos. É isso mesmo. Não gosta? Pois se prepare. Estão prontos pra ir à forra. Agora. Pode escrever. Vão pôr em prática os milhares de anos de aprendizado, todo o tempo que passaram aprendendo chinês. Algum uso tem que ter aquela língua. E é melhor eles tomarem uma atitude rápido, antes dos indianos jogarem uma bomba atômica na cabeça deles. Ou os paquistaneses. Antes de americano intervir no conflito pra conseguir uns trocados. É, esses aí mesmo, os santinhos-Disneylândia. Não disse, mas pensou. Aposto que já levou a família pra Disney. E acha que os chineses estão invadindo o mundo. Vai dizer que não acha? Eu sei que não tem filhos. Como? Ora, leio os jornais. Sou um homem informado. Tenho certeza que se a minha ex-professora de chinês fosse ex-professora de inglês ou de alemão, vocês não se atreviam a tocar nela. Mas isso vai acabar. Pode escrever. E pode começar a ler jornal. É o melhor negócio na crise. A última coisa que deprimido faz na vida.

Mesmo com internet. Deprimido e velho. Que é que índio tem que ver com chinês? E quem não fica deprimido com o mundo do jeito que está? Lendo jornal, o deprimido pelo menos tem uma razão objetiva pra se deprimir e o velho pra não achar que vai perder alguma coisa, morrendo. O senhor mesmo, aí, todo pimpão, não leu que a razão pra razão existir não é dizer a verdade? A razão só serve pra fazer a gente ganhar na discussão. Não leu? Onde é que o senhor anda? Não, já disse que não tomei nada. Tenho, tenho certeza. Como assim, revistar a mala? Eu quero um advogado. Depois de revistar a mala, não! Antes! Agora! Eu já disse que não tenho nada a ver com ela. Encontrei por acaso, na fila do check-in. E vou dizer uma coisa: levei um susto. Ela está péssima. Está. Está péssima e acabada. Envelheceu muito em dois anos. Não perguntou. Certo. Mas se perguntasse, não ofendia. Ofende é chamar de gay. Aí, sim. O quê? Boi de piranha é o caralho; uma piranha! É isso que ela é! Uma puta de uma piranha de crente! Ué, não foi ela que me chamou de gay? Foi ou não foi? O senhor é que está dizendo. Ou está querendo me indispor com a minha ex-professora de chinês? Eu até entendo que a igreja expulse a minha ex-professora de chinês, porque, convenhamos, pra conseguir converter gay em marido — o que já seria milagre em qualquer outra igreja —, é preciso pelo menos ter um pouco de bom senso para identificar primeiro o gay. E eu que fui dizer que ela era boa professora! Mas não vou engolir essa história de direitos iguais pra gay e simpatizantes. Não, não, não. Gay é que nem praga na horta de Deus. Gay não reproduz. Ou melhor: reproduz na horizontal, não na vertical. Não tem progenitura. Não deixa vestígio. Ou melhor, deixa, mas é por contaminação. Vai se espalhando como erva daninha. Por isso é que não pode deixar. E nisso estou com o Vaticano, não pode deixar. E com os milhares de franceses manifestando nas ruas de Paris, capital dos Direitos Humanos. Já pensou o mundo inteiro de batina, um metendo a mão debaixo da batina do outro? Já pensou? E agora ainda deram pra querer ter filho! E são modos? Eu? Mesmo? Há dois minutos, eu era gay, e agora sou homofóbico? O senhor tem que se decidir! Sinceramente. Quem? O seu amigo? O que fugiu com a minha ex-professora de chinês? Não vai me dizer que o senhor e o seu amigo... Não! Eu? Não, não estou insinuando nada. Eu ouvi a delegada aí ao lado. Nada a ver. Bom, não tem delegada. Mas não foi o senhor mesmo quem disse que... Claro. Bom, então deixa eu tentar entender. O seu colega, que sequestrou a minha ex-professora de chinês, está dizendo que a minha ex-professora de chinês disse que abandonou o quarto livro do curso intermediário no meio da lição 22, porque eu era... desculpe, sou gay? Como? Ela disse? É, dividia a casa com outra missionária. Foi a missionária quem disse pra ela que eu era gay? Como assim? Levou, sim. Uma vez. Por quê? Sei lá! Também não entendi. Antes de começar a aula, lá estava a missionária me estendendo a mão e dizendo, com um sorriso besta, em chinês: Prazer em conhecer. Brasileira! Nada de chinesa. Depois, foi embora. Como? Pra me conhecer? Pra que é que a igreja ia se incomodar comigo? Só se foi ideia da própria missionária. Certo. Pra quê? Gay? Seis? Ela tinha seis meses pra me converter? O senhor está de sacanagem! Os últimos seis meses do curso intermediário antes de sumir, porque não me converteu? Não, estou pensando. É, bate. Punida, não; ela só me disse que tinha mudado de casa, seis meses antes de sumir. Purgatório? Quem disse? A missionária. Entendi. A missionária expulsou ela de casa. Ela só podia voltar no dia que me convertesse? Certo. E se casasse comigo. Não é à toa. Em chinês, cada nome tem o seu destino. Liuli, os Seis Ritos do Casamento. Embora também queira dizer Mendiga Triste e Angustiada, Lápis-Lazúli, Telha Vitrificada, Barulho das Árvores ao Vento etc. Depende do tom e do caractere. Ela disse que tinha ido morar na Vinte e Cinco de Março, mas não disse que era por minha causa. Como é que eu podia saber, se não sou gay?! Então, são duas idiotas! Ela disse que o apartamento servia de creche, sim, durante o dia. Como é que eu vou saber, se vocês sumiram com ela? Senão, eu perguntava pessoalmente. A gente fazia uma acareação aqui mesmo, o senhor, o seu amigo, eu e a professora de chinês. Aí é que eu queria ver. A hora da verdade. Queria ver ela dizer que eu era... desculpe, que eu sou gay, na minha frente. Disse? Como é que é? O homem da vida dela? Eu? Mas sou vinte e quatro anos mais velho! Palavras dela?! Não se incomodava! Não é chinesa; é um asno! E como é que o senhor queria que eu aprendesse? Ela não fala chinês; relincha! É claro que a menina não pode ser filha dela. Ela não tinha filha nenhuma até me abandonar no quarto livro do curso intermediário, no meio da lição 22. Não podia acabar com uma filha de, o quê?, cinco anos?, em apenas dois anos! A reprodução assistida ainda não chegou a esse estágio de desenvolvimento. Ela pode me chamar de burro, porque não aprendi chinês em seis anos, mas tenho cara de otário? É lógico que eu sabia que não era filha dela. Salvar? Não. Salvar do quê? E o senhor acreditou? No seu amigo. Não, não vou dizer mais nada. Pode ficar tranquilo. Não vou insinuar nada. Não estou insinuando nada. Pelo amor de Deus! Não, não acredito. É tique. Forma de dizer. O.k., vou parar. Não falo mais em Deus nem digo palavrão. Mas tá ficando difícil. Não, nada. Falei comigo mesmo. Ela disse, é? Órfã? Ouvi. E o senhor acreditou? O senhor acredita em tudo o que diz o seu amigo, é? Bom, ela me disse que estava dividindo o apartamento com uma mulher que mantinha uma creche na Vinte e Cinco de Março. Quê? Que conversa mole é essa agora? Aonde é que o senhor quer chegar? Onde é que ela está? Onde? No trânsito? *Hoi polloi!* Não, não é chinês. É grego. Não falo. Na Wikipédia. Aqui não tem wi-fi? Não se interessa? *Hoi polloi?* Não sabe? Matula, corja, súcia. Não, agora é português mesmo. É nisso que dá dar incentivo pra venda de carro. Toda a economia do país nas mãos da indústria automobilística. Não falei? *Hoi polloi!* Todo mundo agora tem carro. E todo mundo viaja de avião! 'Estamos crescendo para fazer você chegar mais rápido ao céu.' Só crente pra acreditar numa merda dessas. O senhor viu o tamanho da fila do check-in? Aliás, de onde o senhor me tirou arbitrariamente! Presos no trânsito? Só pode estar de brincadeira! Que é que o seu colega foi fazer no trânsito com a minha ex-professora de chinês? Como se não soubessem que a cidade vive parada, que é trânsito o dia inteiro. É isso que dá corte de gastos, salário baixo pra policial, delegacia sem ar-condicionado e sem wi-fi, é isso que dá, eu sempre disse. Depois não sabe por que é que tem denúncia interna, por que é que vaza pra imprensa. Sempre acaba vazando. Porque tem sempre algum insatisfeito. Um recalcado. Sicofanta. Português. Não tem dicionário on-line? Viu o que dá ficar sem wi-fi? Quer economizar! É o barato que sai caro. Alcaguete. É isso mesmo, alcaguete! Afinal, em que língua o senhor fala quando as crianças estão ouvindo? Não tem filhos. Não tem importância. Pois fale nessa língua. Daqui pra frente, só fale nessa língua, com sua colega, no ambiente de trabalho. Pra depois não tomar um susto quando reproduzirem o que vocês disseram aí ao lado. Tá pensando o quê? Você e a sua colega delegada. Se vocês estivessem na China, certamente iam pagar pelas más decisões e por me prender aqui quando tudo o que eu quero é embarcar pra China. Atenção! Eu não disse que lá é menos corrupto. Atenção! Não ponha palavras na minha boca! O que eu disse foi que lá os sicofantas têm muito mais poder e basta uma escorregadela do chefe pra que o subordinado, que já estava de olho mesmo, esperando uma ocasião, entre em cena pra denunciar o superior. É, é isso aí. O senhor fica achando que é todo bambambã, mas um dia, quando eles invadirem, a escrivã

Márcia... Não é Márcia o nome dela? Que Márcia? A escrivã, a moça da recepção. Bom, então digamos que ela se chame Márcia. É. Enfim, a moça da recepção, eu disse Márcia, mas podia ser Maria, Silvana, Joyce, tanto faz. Bom, ela resolve se vingar de todas as grosserias que teve de engolir ao longo dos anos, todas as cantadas, e o senhor vai parar num centro de interrogatório secreto, *shuanggui*, dessa vez é chinês mesmo, não precisa entender, o senhor entendeu direitinho, olha só!, que rápido!, já está pegando, hein?, é isso aí, centro secreto de interrogatórios para autoridades corruptas, julgado na paralela, e se o senhor não for condenado à morte e desaparecer pra sempre sem que sua família nunca fique sabendo o que aconteceu com o senhor, acaba se suicidando. Ninguém aguenta. Chinês não brinca em serviço. Pode escrever. Porque se brincar, créu! Não estou insinuando nada. Não basta ser corrupto, tem que fazer o serviço bem-feito. Bom, se a carapuça serviu, o problema é seu, não é assim que se diz? Louco? Meu voo sai às seis, são quatro e meia e eu estou detido numa cela sem janelas e sem ar-condicionado, porque a minha ex-professora de chinês desaparecida, agora sequestrada pelo seu colega, disse que eu sou gay. E o senhor me pergunta se eu estou louco? É claro que estou. Completamente louco. Porque o que está acontecendo comigo não passaria pela cabeça de nenhuma pessoa normal. Só posso estar delirando. Foi o senhor quem me chamou de louco primeiro. Não chamei de descarado, não foi o que eu disse, mas vou dizer uma coisa: se fosse na China, o senhor tinha perdido a cara, sim, senhor. Lógico que entendeu. Não tinha mais cara pra aparecer em público. E como lá ninguém nunca quebra a cara, porque são uns bons de uns caras de pau, só com o *shuanggui*. O senhor não leu que os setenta deputados mais ricos do PCC detêm uma fortuna de setenta bilhões de euros? Nada a ver. Partido Comunista Chinês. Não leu? Quer roubar? Rouba. Mas fique sabendo que, se cair em desgraça, vai pra justiça paralela. Eu? Meu crime foi querer ir pra China quando todo mundo lá está lendo James Joyce. Não quero ficar dando mais ideia pra vocês, mas na China, se cair em desgraça, não tem presidente de comitê do povo nem de partido do povo, vai desde tortura por afogamento até queimadura com ponta de cigarro. Eu quero meu advogado! Não digo mais uma palavra antes de falar com um advogado! Não estamos na China! Eu já disse o que vou fazer na China. Vou repetir: na China não tem gay! Não adianta o senhor querer descontar, só porque ouviu o que não queria. Umas boas de umas verdades, sim, senhor. Não adianta querer ir à forra comigo, só porque foi desmascarado e humilhado. Ué, sei lá, a gente se humilha todos os dias, tem que ouvir o que não quer todos os dias, vai que ouviu alguém dizer... Não estava bisbilhotando coisa nenhuma. Escutei porque a parede é fina. O quê? Por favor, entenda, eu só quero ir pra China. Não, não, claro. Que é isso?! O senhor tem toda a razão. Certo, é o senhor quem determina se está coberto de razão. Então, foi um mal-entendido. O senhor não entendeu. Está havendo um mal-entendido entre nós dois. Eu não disse. Por favor! Veja: eu não quero nada com o senhor! Não quero chupar. Eu sei que o senhor não é gay. Ninguém está dizendo que o senhor é gay. Insinuando? Mas como é possível? Não, de jeito nenhum. Me insinuando, de jeito nenhum. E eu sei lá! Não, é claro que o senhor não é gay. Mas quantas vezes vou ter que repetir que eu também não?! Que problema? No trânsito? Salvar do quê? E de que adianta salvar o mundo do homem, se não é pra salvar o homem? Está vendo?, é um círculo vicioso, não tem saída. Como é que não entendeu? É que estou exausto, delegado. Exausto de esperar e de falar nessa língua que o senhor não entende. E que nem é chinês! É português. Estou cansado de repetir em português. Não vejo a hora de sair daqui, de acabar tudo isso. É o senhor quem decide. Claro. E não só a hora! Já entendi. Não adianta repetir. Eu sei, não precisa me dizer. Eu entendi. Não sei por que estou aqui nem quando vou sair. Pode ser a qualquer momento ou nunca, claro. Mas estou exausto, como nunca estive. Não tenho vontade de fazer mais nada. Não tenho vontade de dizer mais nada. Só de pensar em aprender chinês, já me dá vontade de dormir. Quer dizer, não é vontade. O sono não é vontade. É errado dizer vontade de dormir. Ninguém tem vontade de dormir. É o sono que manda. É o sono que tem vontades. Nunca tinha pensado nisso. Quando temos vontades, na verdade estamos sendo mandados. Prefere que eu não tenha ideias próprias? Tudo bem. Desculpe, não vou repetir mais. É um tique nervoso. É normal. Depois de horas aqui dentro, comecei a ter ideias próprias. Não foram? Que horas são? Não é possível! Perdi a noção do tempo. Para mim, pareceu uma eternidade. O senhor acha que, talvez, se houver, digamos, uma reviravolta nas suas ideias próprias, ainda tenho alguma chance de pegar o meu avião? O senhor quer que eu repita? Não, não precisa ficar bravo. Não estou gozando da cara de ninguém. Nunca gozei da cara de ninguém. Nem sei o que é isso. Esperando o quê? Como assim? Onde é que eles estão? Claro, já disse. Mas, se estão no trânsito, podem demorar horas. Meu voo é às seis. Eu entendi, mas a esperança não é a última que morre? De quê? De ir pra China. Lá? Não sei. Minha ideia? Quando todos eles tiverem saído pra invadir o mundo, eu me instalo lá. Não. Há piores. Tem um provérbio chinês que diz, em chinês, claro, não, não, não vou dizer em chinês, fique sossegado, o provérbio diz: Enquanto passam as nuvens, os irmãos vão à igreja. Nem eu. Talvez não seja exatamente assim. Não faz sentido, né? É, não tem igreja. Igreja é proibido. Não, não estou me contradizendo em nada! Estou exausto. Igreja é modo de dizer. Percebe? Engraçado, eu também não. Também não vejo. Talvez não seja exatamente assim. Talvez eu tenha traduzido errado. Talvez eu pudesse dizer o pro-

152

vérbio em chinês, não, só pra me lembrar, melhor não?, o.k., sem problema, não digo, não, não digo mais nada em chinês. Como não sei falar? Quem disse? Eu só disse que não entendi o que ela disse. Porque deve ser de uma lição posterior, que eu não aprendi. Ela me abandonou no meio da lição 22 do quarto livro do curso intermediário. O.k., não repito. Já sabe das homofonias. Certo. Não, não! Não vou falar das homofonias. O senhor me chama de gay mas não posso falar das homofonias. Então, é um diálogo de surdos. Só um decide o que quer ouvir e o que o outro vai dizer. Não, claro, o senhor manda, mas é preciso que fique claro que é um diálogo de surdos. E talvez venha daí a minha exaustão. O senhor não entende o que eu digo, porque não quer ouvir. É isso mesmo. Só o senhor falou até agora. Não, agora eu vou dizer, preciso dizer uma coisa. Quando resolvi buscar as minhas origens na China... O quê?! Qual é o problema? Ainda bem. Pois, quando resolvi ir à China buscar as minhas origens, pensei que já tinha perdido muito tempo na vida e que não podia mais deixar pra amanhã o que podia fazer hoje. Veja só a ironia do destino! Nunca perdi tanto tempo na vida como hoje. Proporcionalmente, claro. Nunca passei horas tão inúteis. Não foram horas. Mas pareceram horas. Fazendo o quê?! Esperando! Esperando um agente e a minha ex-professora de chinês, que me abandonou no meio do curso intermediário sem me dar a menor satisfação. Pra quê? Pra quê?! Vou? Em breve? Que foi que ela disse? Não disse nada. O quê? O senhor está dizendo?! E como é que o senhor pode dizer uma coisa dessas? Quantas vezes vou ter que repetir que não sou gay! Quer provas? Não quer! Provas de quê? Minhas malas? Só tenho uma mala. Vocês pegaram a minha mala. O quê? Droga? Mas que droga? Já disse que não liguei pra cá nem denunciei ninguém! E como é que eu ia saber que ela estava nesse voo, no voo que sai agora às seis? Como é que eu ia saber? Mentindo? Não, não dá pra acreditar mesmo.

153

A droga vai aparecer na minha mala? Já apareceu? Eu quero um advogado! Já! Eu quero um advogado agora! O senhor disse, sim. Não disse? Eu ouvi direitinho! Disse que a droga já está na minha mala! Eu sei como isso funciona. Leio os jornais. Não estou acusando ninguém. Não estou caluniando. Vocês é que estão pondo palavras na minha boca e drogas na minha mala. Como é que eu provo? Vocês é que têm que provar! O ônus da prova é de vocês! Que palhaçada é essa? Palhaçada, sim, senhor! Quer que eu cale, eu calo. Sobre o que a gente não pode falar, é melhor ficar quieto! O senhor já disse pra eu não ficar estressado e não funcionou! Não é assim que funciona. Tem que ter psicologia. A China? Em crise? Ha-ha-ha! Desde quando? Onde é que o senhor leu isso? Eu leio os jornais e não tem nenhuma China em crise em lugar nenhum. O começo da crise? Que jornal é esse? Espere só pra ver quando eles invadirem e precisarem de tradutor pra falar com os escravos, pra dar ordem aos escravos, porque este país não tem outra vocação, brasileiro nasceu pra ser escravo de bandido — são dezenove novos milionários por dia em nosso país —, e se não for escravo de brasileiro, vai ser de chinês, só estamos esperando os chineses pra renovar nossa vocação, só que dessa vez eles é que vão morar na casa-grande e a gente vai pra senzala, e aí é que eu quero ver, quando brasileiro tiver de obedecer ordem em chinês, aí todo mundo vai querer me dar emprego, pra depois não levar chibatada porque não entendeu o que o capataz queria dizer, em chinês, claro, aí não vai faltar emprego pra mim. Quer que eu abra a mala de mão? Que é que o senhor quer ver? Pode fuxicar. Não quer fuxicar? Não mexe em mala de traficante? De traficante gay? Livro. Se sabe o que é, por que pergunta? Livro. Pra ler no avião. Abro, claro. Quer que eu leia também? 'Lá fora não tem dor.' Veja só! E eu nem procurei! Vou ler de novo: 'Lá fora não tem dor'. Quer dizer alguma coisa? Não quer? Está escrito aqui. O.k., não leio mais. Fecho o livro. Pronto. Fechei o livro. E agora? Que mais? 'Lá fora não tem dor.' Não estou lendo nada. Ficou na minha cabeça. Não entendeu? Quer que eu abra o livro de novo? Não quer que eu leia de novo? Pra tentar entender. 'Lá fora não tem dor.' Que senha? Pra quê? Tá de brincadeira! Não, só pode estar de brincadeira! Pelo amor de Deus! O quê? No fundo? Tiro, tiro tudo. No caso da mala extraviar, ponho na mala de mão. Uma muda de verão e outra de inverno. As temperaturas são extremas na China. Yin e yang. As extensões são continentais. Como? Pois vou dizer uma coisa: não tem nenhuma China em crise nem nunca terá. E o senhor sabe por quê? A China é o país da simetria. O senhor sabe o que o Brasil significa para eles? Nada. Ninguém está interessado no que o Brasil significa. Na verdade, o Brasil não significa nada, porque é tudo o que os outros países são, só que assimétrico. O Brasil é uma cópia assimétrica. Chinês é a única língua que faz funcionar os dois hemisférios do cérebro ao mesmo tempo. Ficou provado agora, com toda essa tecnologia de imagem. Claro que sabe o que é hemisfério. Ouvi sua colega aí ao lado dizendo que gente que frequenta igreja tem um dos hemisférios maior do que o de quem frequenta clube de encontros e vice-versa. O.k., o.k. Não tem colega nenhuma. Não tem delegada nenhuma. Imagine! Eu imaginei. Uma delegada! O senhor é a autoridade máxima aqui dentro. E a única! E, melhor de tudo, sabe o que é hemisfério. Claro. Já viajou de avião. Claro. Já foi aos Estados Unidos. Passou de um hemisfério pro outro. Claro. O senhor esteve no hemisfério Norte e aqui estamos no hemisfério Sul. Então, o cérebro é a mesma coisa. E o chinês é a única língua que põe os dois hemisférios do cérebro pra funcionar. É como se o senhor estivesse no hemisfério Norte e no hemisfério Sul ao mesmo tempo. E o senhor concorda que não é possível estar em dois lugares ao mesmo tempo. Não concorda? Senão, a esta altura eu poderia estar aqui e na fila do check-in, pra não perder o meu voo. O.k. Era só um exemplo, pro senhor entender. Infeliz, o.k. Outro exemplo, então. Chinês é uma espécie de esforço abdominal. Só que com a cabeça. Então! Tem uma hora que os dois hemisférios dão aquela contração muscular e o senhor não tem mais condições de inventar nem desculpa pra sair mais cedo da aula. É terrível. Chinês é a mais simétrica de todas as línguas, porque usa os dois hemisférios ao mesmo tempo. E o senhor sabe por que as caras simétricas são mais bonitas que as assimétricas? Porque são sinal de inteligência. Simetria e inteligência são resultado da mesma estabilidade no desenvolvimento genético da pessoa. E a saúde! Os cientistas provaram. Quem tem o rosto simétrico é menos estúpido e mais saudável. Não sabia? Não estou insinuando nada. É por isso que ninguém quer nada com as feias, ao contrário do que se pensava, porque, além de feias, são burras e têm a saúde fraca. Não há mesmo justiça nesse mundo, nem na natureza. O senhor, que já viajou de avião, devia saber. Conhece outros hemisférios. Devia saber. Já foi a Estocolmo? É só uma parábola pra que o senhor entenda o que eu estou querendo dizer. As parábolas facilitam o entendimento. Não estou xingando ninguém. Não estou perdendo a cabeça. Vou perder o meu voo. No aeroporto de Estocolmo, eles não dizem nada, nunca. Ao contrário daqui. Nenhum aviso, nenhum anúncio. Nunca. Nem sobre as partidas, nem sobre as chegadas. Nem sobre os atrasos, nem sobre os cancelamentos. Nunca. Em nome do silêncio. É isso que eles estão dizendo lá. Nada. Nunca. Ora! Basta procurar se informar, olhar no quadro de avisos. O senhor puxa sua mala através do silêncio. Nada dessas histéricas gritando: Última chamada para o voo tal. Buenos Aires por aqui! Montevidéu por ali! O meu voo sai às seis e elas continuam me lembrando disso. O tempo inteiro. Aqui, ninguém para de falar nunca. Se parar de falar, eles põem música. No aeroporto de Estocolmo, não. Eles amordaçaram as histéricas que anunciavam a última chamada para o voo tal e a chegada do voo tal e o avião tal que já estava em solo. Quer maior justiça do que o aeroporto de Estocolmo? Não há um lugar nesta merda deste país onde não toquem música, onde não passem a vida anunciando o portão e o embarque imediato e a última chamada. E o senhor ainda acha que não tenho motivos pra estar estressado? Uma contrapartida? O quê? Que proposta? Por que é que só pensam em salvar as crianças? Por que todo mundo está obcecado em salvar as crianças? E como é que eu vou saber? Eu já disse tudo o que eu sei. Não tem a menor condição. Eu já disse. Ela tinha horror que se metessem na vida dela. Ficou furiosa quando um missionário da igreja, em viagem ao sul da China, visitou a família dela. Sem falar uma palavra de chinês e sem prevenir a professora de chinês, pra fazer uma surpresa, o missionário pegou um táxi em Fuzhou e foi até o vale onde morava a família da professora de chinês, no sul da China. Passou o dia com a família da professora de chinês, comeu a comida intragável da família da professora de chinês, abraçou a família da professora de chinês, tudo sem falar uma palavra de chinês, e voltou com um monte de fotos de presente para a professora de chinês. Mas a professora de chinês teve um ataque quando viu o colega de igreja abraçado com a família que ela não via desde que tinha saído da China, há anos. Começou a gritar, e gritou tanto, em chinês, que ele já não sabia se era de alegria, de saudade ou de raiva, e não só porque não acompanhava os tons. Quando entendeu que era de raiva, ela já tinha cansado de gritar. A professora de chinês se sentiu invadida. E eu entendo. O missionário não era nem chinês pra ser intrometido a ponto de ir visitar a família dela no sul da China sem pedir licença. Ela ficou puta com razão. O.k., desculpe. Como é que o filho da puta tinha conseguido chegar... O.k., o.k.! Não precisa gritar. É maneira de dizer. Como é que o missionário tinha conseguido chegar naquele buraco do sul da China sem falar uma palavra de chinês? O senhor não acha que ela tinha razão pra desconfiar? Pois eu acho que tinha. O missionário disse que queria fazer uma surpresa, que era um presente, mas ela não é boba. E, enquanto me mostrava as fotos do missionário abraçado com a família dela no sul da China, ela me perguntou se eu não achava estranho. Estranho? Põe estranho nisso! O cara nem fala chinês! E pega um táxi em Fuzhou pra achar um buraco no interior do sul da China? Pra fazer uma surpresa? O que eu acho que ele podia querer? Ué, sei lá... descobrir alguma coisa da vida dela, do passado dela, da família dela, que ele abraçou. A mando da igreja, lógico, tudo o que eles fazem é a mando da igreja! O senhor não acha nada. É um direito seu. Mas eu acho estranho. Passei seis anos aprendendo chinês e não me atrevo a pegar um táxi nem para um subúrbio de Xangai, como é que um sujeito que não fala uma palavra de chinês tem a cara de pau de pegar um táxi em Fuzhou e ir procurar um buraco no interior do sul da China sem nem saber direito o endereço, só de orelhada, pelo que ela contou pra ele sobre o lugar onde vivia a família dela. Mais uma razão pra não contar. Chinês não presta. O missionário era brasileiro, mas estava dando pinta de chinês. Trabalhando pra igreja. Intrometido. Sabe lá o que ele queria com a família da professora de chinês, que já tinha passado o diabo, não precisava mais de uma visita sonsa. Eu disse pra ela: Olha, tá estranho mesmo. O cara é missionário, cara esperto. Missionário não dá ponto sem nó. A prova é que ela, que também era missionária, ficou desconfiada. Não, não sei o endereço. Lá, onde? No sul da China? Como assim? Não, meu chinês não dá pra pegar táxi sem endereço. Chinês não entende mapa. Não tem discernimento espacial. Não consegue entender o espaço reproduzido em duas dimensões. Não, de jeito nenhum, não estou dizendo que chinês é burro. É outra forma de inteligência. Até mais sofisticada que a nossa, quer saber? O senhor mesmo... Não quer saber? Não, eu já disse, não me atrevo a pegar táxi na China sem o endereço escrito em chinês. O senhor pode mostrar no mapa, marcar com um X bem grande, amarelo, chinês não entende, leva pro lugar errado, pro outro lado da cidade. Não dá pra pegar táxi na China sem o endereço em chinês. E isso nem pra quem estudou seis anos. Imagine um missionário que nunca estudou nada além das palavras da Bíblia em português! A Bíblia que ela usava era em chinês, claro. Bíblia em chinês pra chinês. O quê? O senhor me dá o endereço? Como assim? Que milagre, porra?! Que milagre?! Eu? Ela disse que eu sou o milagre? Ha-ha! Eu sou o milagre! Ela disse isso em que língua? Em chinês? Vocês estão de sacanagem? Afinal, que proposta é essa? Não, não e não! Eu não falo chinês! Ela me disse que aprender chinês era esquecer e repetir um milhão de vezes a mesma coisa. Foi só o que eu fiz. E olhe só no que deu. Decorei um milhão de vezes um milhão de frases de um manual pra executivo dizer a coisa certa na hora certa e fazer os melhores negócios. E pra quê? Pra falar com quem? Veja isso aqui. Posso repetir tudo o que decorei, mas pra falar com quem? Com uma criança? Pra que é que o senhor acha que eu estou — estava!, já são cinco horas; meu voo é às seis — indo pra China? Pra poder falar com alguém! Pra pôr em prática um milhão de frases decoradas nos manuais pra executivos. Pra dizer a coisa certa nas piores situações e conseguir escapar! Quantas vezes eu vou ter que repetir que não falo chinês? Eu decorei! Eu decorei! Fiz o que ela mandou. Esqueci e decorei de novo. Um milhão de vezes. Desculpe, pode repetir? (*Dui bu qi, qing zai shuo yi bian, hao ma?*) Ela disse que só confia em mim? Quem ri por último ri melhor. (*Xiao dao zui hou de ren cai shi xiao de zui hao de ren.*) Não estou gozando da cara de ninguém. As aparências enganam. (*Ren bu ke mao xiang.*) E por que eu acreditaria? O senhor pode ser muito simpático, mas não convence. Amigos, amigos. Negócios à parte. (*Qing xiong di, ming suan zhang.*) Por favor! Não faça com os outros o que não quer que façam com você. (*Ji suo bu yu, wu shi yu ren.*) Afinal, o que é que vocês pretendem fazer comigo?"

É impossível saber o que se passa na cabeça dos outros, ainda mais quando, para exprimir o que estão pensando, em vez de atos e gestos, insistem em falar em chinês. Mas é possível imaginar que, entre duas pessoas falando línguas completamente diferentes, como o chinês e o português, algum tipo de entendimento, para além das palavras, permita viver, se não uma história comum, pelo menos alguma forma de mal-entendido. Os mal-entendidos não deixam de ser uma forma de comunicação. Quando a chinesa entrou nas dependências da polícia, no aeroporto, numa tarde de terça-feira, trazendo a menina pela mão, dois meses antes de ele tirá-las da fila do check-in e desaparecer com as duas, o agente estava sozinho no balcão de atendimento, lendo um livro sobre o desaparecimento das línguas, enquanto, do outro lado da cidade, a escrivã Márcia, que era desde o início quem devia ter cuidado do caso com sua abordagem objetiva e burocrática, evitando todo tipo de mal-entendidos, lutava contra o trânsito para chegar a tempo ao cursinho. Assim que viu a chinesa, o agente entendeu que não poderia abandoná-la. Ela estava desesperada. E foi com a maior dificuldade que ele conseguiu fazê-la compreender que, sem a autorização dos pais, não havia meios de levar a menina para a China. Dava para perceber que a chinesa queria lhe dizer alguma coisa, outra coisa, que não podia ser dita em língua nenhuma, nem mesmo em chinês. Ela falava um português atrapalhado, trocando as poucas palavras que conhecia, "prefeitura" por "prostituta", por exemplo, e já teria sido o suficiente para tornar a comunicação impossível se, antes mesmo de o agente poder esboçar o menor sinal de riso, ela não tivesse começado a chorar e a menina, olhando para ela, para consolá-la, não tivesse repetido tantas vezes a mesma frase incompreensível, em chinês. Por não entender o sentido do que a criança dizia com tanta veemência (pondo um fim à crise de choro da chinesa), o agente atribuiu à repetição dos sons, como num mantra, o efeito milagroso da frase. A chinesa enxugou as lágrimas, passou a mão na cabeça da menina e voltou a lhe dar a mão, antes de sair sem dizer mais nada. A resposta para aquilo a que assistira, como se tivesse entendido tudo (não é esse, afinal, o princípio dos mal-entendidos?), ficou guardada por dois meses no inconsciente do agente, até o momento em que seria necessário tirá-las da fila do check-in e desaparecer com as duas, antes que o delegado que o condenara ao país da bondade, e que tentara se redimir conseguindo-lhe uma transferência para aquele emprego que agora lhe permitia salvar uma chinesa estúpida e uma criança, pudesse detê-las.

Os mal-entendidos são legião entre pessoas que falam a mesma língua, que dizer entre os que falam línguas tão estranhas entre si quanto o chinês e o português ou o português e uma língua indígena supostamente conhecida por apenas um missionário e pelo último sobrevivente de uma etnia dizimada. Mais uma razão para recapitular os fatos dessa terça-feira, dois meses depois da outra: no começo da tarde, o delegado recebe uma denúncia anônima. O telefonema alerta a polícia sobre uma chinesa que vai tentar embarcar no voo das seis para Xangai, com uma menina de cinco anos e seis quilos de cocaína. Quer dizer, o voo é para Xangai com escala em Madri, onde a chinesa pretende deixar a encomenda antes de seguir viagem, com a menina, no dia seguinte. É frequente esse tipo de denúncia. Enquanto a polícia se desdobra para prender a "mula" (e aqui o sentido do termo se revela em toda a sua riqueza, já não se res-

161

tringindo apenas a um detalhe técnico do narcotráfico, mas remetendo antes à inteligência do intermediário transformado de traficante inexperiente em vítima de quem o contratou), outro passageiro embarca tranquilamente, em outro voo, com o triplo da quantidade da droga transportada pelo boi de piranha (na realidade, uma quantidade muito inferior ao que alegava a denúncia). Assim que recebe o telefonema, o delegado avisa o agente na recepção, já que a escrivã Márcia está no cursinho do outro lado da cidade, preparando-se para o vestibular de direito. E o agente — supostamente, o filho bastardo que o delegado condenou ao país da bondade, sem que nenhum dos dois tenha jamais tocado nesse assunto —, ao ouvir que uma chinesa e uma menina de cinco anos estão na fila do check-in, tentando embarcar para a China com seis quilos de cocaína, se levanta, como sob o efeito retardado de algum encanto ou de alguma droga ingerida durante uma missão na selva, e desce correndo para o saguão de embarque, decidido a desaparecer com as duas antes de o delegado poder detê-las. Tudo não leva mais de dez minutos. Quando o delegado chega à fila do check-in, encontra apenas um estudante de chinês e o carrinho abandonado da ex-professora. A ação do agente que as tirou da fila antes de dar um sumiço nelas se justifica, na cabeça dele, por tudo o que imaginou depois de ter dito à chinesa, dois meses antes, que ela nunca poderia viajar com uma criança para fora do Brasil sem a autorização dos pais. O que imaginou é, na verdade, o que ele conta à delegada por telefone, propondo negociar, por meio da delação premiada, a liberação da chinesa traída por seus próprios contratantes. Acredita, como um crente acreditaria, que ela só pode ter se metido com essa gente, como última alternativa, para salvar a criança — e porque, no fundo, a chinesa é mesmo uma mula. Não há outra explicação. Entretanto, nunca encontrarão droga nenhuma, nem ao revistá-la, de volta ao aeroporto, nem nas malas que ela abandonou na fila do check-in.

Menos de uma semana depois de voltar ao Brasil, tomado já de uma saudade portuguesa pela China de seus antepassados, onde passou dois meses assistindo a um curso intensivo de chinês, e por um desejo incontrolável de se fazer reconhecer, agora que desfruta da plenitude do dever cumprido, o estudante de chinês vai à Vinte e Cinco de Março. Quer ouvir *obrigada* da boca da professora de chinês. Nutre a esperança de encontrá-la. Quer lhe contar como salvou a menina do mundo onde eles continuam vivendo, levando-a para a China, um lugar não menos infernal. Que importa?! O que importa é ter satisfeito o desejo e a ilusão da professora de chinês. Porque desde o início ele não desejava outra coisa. E, mesmo sabendo que ela não gosta que se intrometam em sua vida, quer que ela saiba, quer contar como voou com a menina de São Paulo a Madri e de Madri a Xangai e de Xangai a Fuzhou e, depois, de táxi, de ônibus e a pé, de Fuzhou a Fuqing, e de Fuqing a Putian e de Putian àquele cu do mundo, até achar a casa certa, a casa da família adotiva da professora de chinês, e entregar a menina à mãe adotiva da professora de chinês, que a criou para se tornar missionária de igreja e professora de chinês do outro lado do mundo, onde foi presa tentando escapar com uma órfã e seis quilos de cocaína, supostamente, já que nunca encontraram nada. Ele quer dizer à professora de chinês que cumpriu seu desígnio, salvando a menina. Salvando do quê?, ele se pergunta, enquanto sobe e desce pelos shoppings verticais e horizontais da Chinatown brasileira e enfim crê ter avistado quem procurava, no fundo de uma lojinha espremida entre outras lojinhas, num buraco sem janela, apinhado de gente, como o beco sem saída de um formigueiro. A ex-professora de chinês faz as vezes de vendedora atrás do balcão de uma lojinha de eletrônicos e bugigangas chinesas. Ele se aproxima e diz o nome dela: "Liuli?". Estranho. É como se a chinesa não o tivesse ouvido — como se ele tivesse dito o nome dela no tom errado, o que equivaleria a dizer o nome de outra pessoa. Ele repete: "Liuli?". Só então a chinesa levanta a cabeça, entende a quem ele se dirige e se aproxima. O estudante de chinês insiste: "Liuli?". Ela lhe responde em chinês, uma língua que ele continua sem entender depois de seis anos de estudo e dois meses de curso intensivo na China. Diz que não se chama Liuli. Então, o estudante de chinês, que entende a resposta mais pelos gestos do que pela fala, diz à chinesa que ela é idêntica a sua ex-professora de chinês. Ele também gostaria de dizer que "a tristeza enlouquece", em chinês, para provar que o que aprendeu na escola de chinês não foi totalmente em vão, mas duvida algum dia poder dizer algo parecido, mesmo se algum dia chegar ao curso avançado de chinês. Queria poder dizer que a tristeza se converte em raiva e que já não sabe o que diz na própria língua, que dizer na dos outros? Em vez disso, o estudante de chinês diz à chinesa, em português, que ele salvou a menina — que em princípio ela não conhece, já que não se chama Liuli — dos horrores a que estaria condenada se tivesse ficado no mesmo mundo violento, de chacinas, sequestros, acertos de contas e balas perdidas, nesse mesmo mundo de órfãos, bandidos, policiais corruptos e traficantes que agora eles dois compartilham, ele e a chinesa, embora não se conheçam, sempre a acreditar no que ela diz. Ele diz que, apesar de tudo o que possa ter dito sobre a condição humana e apesar de tudo o que possa ter dito sobre não querer reproduzir esse mundo do qual eles dois fazem parte, cumpriu a tarefa que lhe foi atribuída, contrariando a sua natureza, os seus princípios e as suas convicções: entregou a menina sã e salva aos pais adotivos da professora de chinês, que se chamava Liuli, Lazurita, e que, para ser franco, era idêntica a ela, a chinesa à qual agora ele se dirige, nesse mundo de horrores e carnificinas. Diz que, depois de o delegado ter concordado com as condições que o agente exigia para trazer de volta para o aeroporto a chinesa que se chamava Liuli, acusada de tráfico de entorpecentes por um telefonema anônimo, nada mais impedia que também lhe confiassem a menina — a ele, o estudante de chinês — e que, de mãos dadas, os dois avançassem correndo, acompanhados pelo delegado e por mais dois policiais, para o portão de embarque, enquanto o delegado tentava impedir, pelo rádio, repetindo *Copy? Copy?*, que o avião chinês fechasse a porta, deixasse a ponte e decolasse sem os dois a bordo. Nada mais impedia que avançassem com um documento fajuto nas mãos, forjado pela própria polícia em regime de exceção e de urgência, que o autorizava a levar uma menina que não apenas não era sua filha, mas que ele nunca tinha visto antes e cuja língua tampouco falava ou entendia, através de todas as barreiras e controles, sempre correndo, antes que fechassem a porta do avião e recolhessem a ponte. Diz que, de mãos dadas, ele e a menina que ele não conhecia venceram o raio X de bagagens, o detector de metais e o controle de passaportes, sempre correndo pelos corredores da zona de trânsito do aeroporto, acompanhados pelo delegado e por mais dois policiais, antes que fechassem a porta do avião chinês, e que, enquanto corriam, o delegado gritava no rádio *Copy?! Copy?!*, tentando impedir que o avião deixasse a ponte e decolasse sem eles dois. O que o estudante de chinês não diz à chinesa, e não apenas porque não fala chinês, é que a menina começou a chorar quando a separaram da chinesa que se chamava Liuli — que, além de acusada de tráfico de entorpecentes por um telefonema anônimo, era idêntica à chinesa com quem agora o estudante de chinês fala —, que continuou a chorar enquanto corria pelos corredores do aeroporto de mãos dadas com o estudante de chinês que ela não conhecia e que chorou a viagem inteira, como se tivesse acabado de nascer, e que não parou de chorar em Madri, onde fizeram escala, nem em Xangai, onde passaram por todos os controles com o documento fajuto, nem em Fuzhou, chorou em todos os aeroportos, enquanto ele xingava em voz baixa Deus e o diabo que o puseram neste mundo e naquela situação, e em todos os restaurantes onde eles almoçaram e jantaram, ele e a menina chinesa, entre Xangai e Fuzhou e entre Fuzhou e Fuqing, e entre Fuqing e Putian, como teriam feito se fossem pai e filha, sob os olhares compungidos das outras mesas, provavelmente sob a suspeita benévola de que fossem um viúvo e sua filha única, adotiva, tentando sobreviver com as forças que lhes restavam à morte recente da mãe. Enfim, o que ele não diz é que se a menina não parou de chorar durante toda a viagem, muito menos quando viu o casebre no vilarejo perdido à beira da autoestrada, onde vai passar o resto dos seus dias, e de onde não sairá provavelmente nem entre os milhares de crianças sequestradas anualmente, arrancadas às suas famílias nas províncias do sul da China, porque é menina e as crianças sequestradas no sul da China são, na maioria, meninos vendidos ao norte da China, a famílias que procuram filhos varões. Não diz que a menina chorou diante da casa de onde nunca mais vai sair, se não fugir, é claro, e se não for comprada como escrava branca e se não cair nas mãos de alguma igreja, como a professora de chinês idêntica à chinesa com quem agora ele fala e que, embora já tenha dito mais de uma vez que não se chama Liuli nem Lazurita, está com os olhos cheios d'água. O que ele não diz, afinal, é que a menina não só não parou de chorar quando viu a casa onde vai passar o resto dos seus dias se não sair dali pra ser missionária de igreja ou professora de chinês em algum buraco do outro lado do mundo, como, ao contrário, chorou muito mais, e mais forte ainda — gritando e esperneando como nunca, quando viu o estudante de chinês com quem ela, a contragosto, tinha atravessado o mundo de mãos dadas se afastar e ir embora, o mesmo estudante de chinês de quem ela tentara se afastar durante toda a viagem, enquanto ele xingava em voz baixa Deus e o diabo que o puseram neste mundo e naquela situação, gritando e esperneando quando ele se aproximava mais dela ou tentava acariciá-la na cabeça, com o intuito de acalmá-la, o que poderia ter causado toda sorte de problemas e levantado imediatamente a suspeita sobre a relação daquele homem com uma criança cuja língua ele não falava nem entendia, e sobre a autenticidade da autorização que ele, não sendo o pai, devia apresentar a cada nova fronteira; o que poderia ter desencadeado, sim, as piores fantasias e criado uma série de contratempos, se este, apesar de infestado de pedófilos, de lobos em pele de ovelha, proferindo sermões na língua insinuante do presente, com a voz maviosa dos santos, dos pastores e dos padres, e dominado por justiceiros assassinos prontos a acudir com diligência ao primeiro clamor virtuoso das massas, não fosse também, graças a Deus, um mundo de crentes.

ESTA OBRA FOI COMPOSTA EM ELECTRA PELO ACQUA ESTÚDIO E IMPRESSA
PELA RR DONNELLEY EM OFSETE SOBRE PAPEL PÓLEN SOFT DA SUZANO PAPEL
E CELULOSE PARA A EDITORA SCHWARCZ EM SETEMBRO DE 2013

A marca FSC® é a garantia de que a madeira utilizada na fabricação do papel deste livro provém de florestas que foram gerenciadas de maneira ambientalmente correta, socialmente justa e economicamente viável, além de outras fontes de origem controlada.

BERNARDO CARVALHO

Reprodução

Copyright © 2013 by Bernardo Carvalho

Grafia atualizada segundo o Acordo Ortográfico da Língua Portuguesa de 1990, que entrou em vigor no Brasil em 2009.

Capa
Sabine Dowek

Foto de capa
Detalhe da fotografia de Luc Delahaye. *132nd Ordinary Meeting of the Conference.*
Cortesia Luc Delahaye & Galerie Nathalie Obadia, Paris/Bruxelas.

Preparação
Márcia Copola

Revisão
Valquíria Della Pozza
Ana Maria Barbosa

Os personagens e as situações desta obra são reais apenas no universo da ficção; não se referem a pessoas e fatos concretos, e não emitem opinião sobre eles.

Dados Internacionais de Catalogação na Publicação (CIP)
(Câmara Brasileira do Livro, SP, Brasil)

Carvalho, Bernardo
    Reprodução / Bernardo Carvalho. — 1ª ed. — São Paulo:
Companhia das Letras, 2013.

    ISBN 978-85-359-2323-0

    1. Ficção brasileira I. Título.

13 - 08283   CDD - 869.93

Índice para catálogo sistemático:
1. Ficção: Literatura brasileira   869.93

[2013]
Todos os direitos desta edição reservados à
EDITORA SCHWARCZ S.A.
Rua Bandeira Paulista, 702, cj. 32
04532-002 — São Paulo — SP
Telefone: (11) 3707-3500
Fax: (11) 3707-3501
www.companhiadasletras.com.br
www.blogdacompanhia.com.br

Para aumentar seu saber, escute o que dizem os outros.
Xenofonte (c. 430-355 a.C.)

Só ouvimos o que escutamos e só escutamos o que nos interessa.
Provérbio xuliaká, língua desaparecida ao expirar o último xuliakáfono, em 9 de fevereiro de 2013.

I. A LÍNGUA DO FUTURO

I don't believe in China.
Malcolm Lowry (1909-1957)

Tudo começa quando o estudante de chinês decide aprender chinês. E isso ocorre precisamente quando ele passa a achar que a própria língua não dá conta do que tem a dizer. É claro que isso significa, também, que a possibilidade de dizer não está no chinês propriamente dito, mas numa língua que ele apenas imagina, porque é impossível aprendê-la. É nessa língua que ele gostaria de contar sua história. Vamos chamar essa língua de chinês, na falta de um nome melhor. Ele gostaria de dizer, em chinês: "É um lugar-comum viajar para esquecer uma desilusão amorosa, mas é impossível escapar ao lugar-comum", só que não pode, porque não chegou a essa lição. O estudante de chinês está a caminho da China justamente para escapar ao inferno dos últimos sete anos, seis deles divorciado, desempregado e estudando chinês, quando depara, na fila do check-in, com a professora de chinês desaparecida dois anos antes, quando, de uma hora para outra, sem explicações, ela abandonou as aulas individuais que dava para ele na escola de chinês, obrigando o estudante a continuar o curso com uma substituta. Desde que a professora desaparecera, o estudante de chinês, que nos últimos anos transformara os comentários anônimos na internet, e em especial os hediondos, em sua principal atividade diária, aguardava uma urgência e um pretexto para comentar também a história dela, e o reaparecimento inesperado da professora de chinês na fila do check-in lhe parece mais que suficiente.

A primeira vez que ele a viu, achou que ela não fosse chinesa. É verdade que o estudante de chinês estava sob efeito da irritação de descobrir que a antiga professora fora substituída sem que ele tivesse sido consultado. Não era a primeira vez. Nenhuma professora parava na escola. Já era a terceira que ele conhecia em três anos. A primeira foi mandada embora porque precisou viajar com a mãe para a China. Como não havia férias nem folga na escola de chinês, ninguém podia parar de dar aulas de chinês, nunca. A viagem da primeira professora, acompanhando a mãe idosa para rever o irmão à beira da morte, foi considerada abandono de emprego, sendo punida de acordo, com demissão por justa causa (por assim dizer, porque tampouco havia contratos na escola de chinês). A professora que arrumaram para substituí-la se deixou explorar enquanto lhe foi conveniente. E, em alguns meses, depois de coletar, numa pequena caderneta, os telefones de todos os alunos da escola que passaram por suas classes e aos quais poderia oferecer seus serviços sem a necessidade de intermediários, pediu as contas, ludibriando a diretora, que era quem a rigor devia explorar e ludibriar os empregados.

A terceira professora de chinês o recebeu na porta da escola, com um sorriso chinês (e aqui o adjetivo não encerra nenhum preconceito, como o estudante de chinês insiste sempre que se vê acusado de racismo; é, antes, a tradução aproximativa de uma expressão intraduzível), cantando em chinês, para não deixar dúvidas de que era ela a nova professora. Sempre que é acusado de racismo, o estudante de chinês responde que é brasileiro, como se assim estabelecesse uma contradição em termos — e, para provar o que diz, costuma recorrer à alegação surrada de que o passaporte brasileiro é o mais cobiçado pelos terroristas internacionais, já que admite todos os tipos e todas as raças. Desde o início, em todas as trocas de professoras, o estudante de chinês se sentiu ludibriado, como brasileiro, sem entender a razão das substituições e sem poder fazer nada para revertê-las, por mais que estivesse adaptado ao método da professora anterior (e por pior que fosse esse método), uma vez que as mudanças só lhe eram anunciadas (ou nem isso) quando já estavam consumadas. O agravante era que a nova professora, cantando na porta da escola, não parecia chinesa — e não apenas fisicamente, embora mantivesse aquele sorriso indecifrável. Falava uma língua ainda mais incompreensível que a das professoras anteriores. Um chinês que não correspondia nem mesmo à transliteração oficial do pinyin, a transcrição fonética, em alfabeto latino, que em princípio deveria guiar os ocidentais, permitindo-lhes reproduzir o som dos caracteres ou pelo menos imaginá-los. Além da confusão clássica e caricatural entre "r" e "l" que em geral acomete os chineses em língua estrangeira, ela também trocava o "ch" pelo "s" e vice-versa, exclamando "suva!" quando chovia ou tentando explicar ao estudante desorientado o que era um "chapo", o anfíbio que se põe a coaxar quando "sove".

O que se passa no aeroporto é mesmo estranhíssimo. Quando o estudante de chinês entra no saguão de embarque, a professora que ele não vê há dois anos já está na fila do check-in, de mãos dadas com uma menina de mais ou menos cinco anos, chinesa como ela. Tudo é chinês. O avião está indo para a China. A menina não larga a mão da professora. O estudante de chinês, que nunca entendeu o que podia ter levado a professora a abandonar, sem explicações, o quarto livro do curso intermediário no meio da lição 22, se surpreende ao vê-la, segurando uma menina pequena pela mão, na fila de check-in do mesmo voo que o levará, em princípio, para Xangai. Que ele soubesse, do tempo em que ela ainda lhe dava aulas, dois anos antes, a professora não tinha filhos. É uma moça de vinte e sete anos, frágil e magra, com os braços esqueléticos e o cabelo castanho pálido, ralo, escorrido e espetado nas pontas, como se tivesse sido passado a ferro. A cor do cabelo é, para ele, uma anomalia, assim como a pele da professora de chinês, da mesma cor do cabelo. Se ela não tivesse usado o cabelo sempre assim, desde que o recebera cantando na porta da escola, ele saberia dizer se era tingido ou natural. O estudante de chinês se aproxima e diz o nome dela. A professora se vira, assustada, como quem vê uma assombração. Está mais pálida do que quando lhe dava aulas. Começa a tremer. Não sabe como reagir nem o que dizer, atrapalha-se com os bilhetes e os passaportes que traz na mesma mão que empurra o carrinho das malas, já que a outra segura a mão da menina. Deixa cair os passaportes e os bilhetes no chão, mas quando o estudante de chinês vai pegá-los, ela se adianta, largando, num movimento brusco, a mão da criança, que começa a chorar. Ele diz, na sua própria língua, já que o que aprendeu de chinês em seis anos não é suficiente nem mesmo para se dirigir à professora na fila do check-in: "Veja só que coincidência! Você abandonou as aulas no meio. Sumiu da escola. Fiquei preocupado. Ainda liguei para o seu celular, para saber se tinha havido alguma coisa". Mas antes de ela poder responder, já com os passaportes, os bilhetes e a menina de volta nas mãos, um homem empurra o estudante de chinês pelas costas, afastando-o para o lado e acabando com a conversa. O homem segura a professora pelo braço. Ela mal tem tempo de reagir ou mesmo de chorar, embora devesse. Quer pedir pela menina, mas antes mesmo de ela poder dizer "não", ou de desfalecer (e não faltam razões para isso), o homem que a segura pelo braço lhe diz, no ouvido: "Fique calma. Não diga nada. Agora, você vem comigo. Eles se encarregam das malas". Ela olha para as malas no carrinho como quem observa o futuro escorrer pelo ralo. O homem acompanha o olhar dela e pergunta, já pronto para perder a cabeça: "Você não pôs nas malas, pôs?". Ela faz que não, balança a cabeça, com os olhos arregalados, como se preferisse não entender o que ouviu. O homem pega a menina no colo e puxa a professora de chinês para fora da fila. A menina, que silenciara por uns segundos com o susto provocado pela intervenção do desconhecido, volta a chorar. Ele arrasta a professora pelo saguão do aeroporto, passa diante do enorme painel de tapumes onde ainda se lê — mas não por muito tempo — sobre uma enorme fotografia de nuvens: "Desculpe o transtorno. Estamos crescendo para fazer você chegar mais rápido ao céu". Dois pintores, obedecendo a ordens que devem, por sua vez, refletir as reclamações de passageiros ofendidos com a ambivalência do bordão (ainda mais num país onde as duas principais companhias aéreas figuram entre as quatro mais desastrosas do mundo), tratam de cobrir a frase com uma demão de tinta branca. No meio do caminho, antes de desaparecer, deixando para trás o estudante de chinês diante do carrinho de malas abandonado, a professora se vira para ele e diz alguma coisa, em chinês, que ele não entende. Os chineses na fila, que poderiam entender alguma coisa, não se atrevem a olhar para ela ou para ele, como se bastasse olhar para correr o risco de acabar como a professora de chinês. Mais do que ignorar o estudante de chinês, fingem que não viram nada. Na China, ninguém precisa de escola de línguas para aprender a se comportar.

Em poucos segundos, outro homem surge esbaforido por trás do estudante de chinês e pergunta: "Pra onde é que eles foram?". O estudante não sabe o que dizer. O homem continua, sem esperar pela resposta: "As malas são suas? São dela? Vocês estavam juntos? Conhece ela, estava com ela? Você vem comigo". O estudante de chinês, que já ouviu isso antes, diz na sua própria língua: "Não posso. Meu voo sai às seis. Não quero perder o voo". O homem insiste: "Você vem comigo", e mostra o distintivo da polícia. O estudante de chinês hesita por uns segundos, antes de acompanhá-lo, contrariado e apreensivo, enquanto o policial empurra para dentro do elevador o carrinho com as malas da professora de chinês. Vão até uma sala sem janelas nas dependências da polícia, no terceiro andar. Uma vez lá dentro, o policial fecha a porta e começa o interrogatório. Quer saber o que foi que a chinesa lhe disse, de longe, em chinês, enquanto era arrastada por seu colega de corporação. O estudante de chinês deve se expressar agora na sua própria língua para explicar ao delegado o que não entende na dela, mesmo depois de seis anos de estudo:

"Por quê? Ora, por quê! Porque fui estudar chinês. Não fui estudar inglês ou espanhol. Chinês é a língua do demônio. Então, é normal que eu não entenda nada, mesmo tendo estudado seis anos. É normal. Até grego, em comparação, é bolinho. É claro que não podia falar em chinês com ela. E como é que o senhor quer que eu saiba o que ela disse? Em mandarim, a mesma sílaba tem quatro sentidos diferentes. Nunca ouviu falar? Quatro. E olha que tem outras línguas com mais tons ainda. O cantonês, por exemplo, que também é uma forma de chinês. É que nem sair atirando. Se acertar, é sorte. O senhor, que é da polícia, devia saber. Quatro tons diferentes. Para não falar das homofonias. O que é homofonia? Como assim, o que é homofonia?! Homo é o mesmo. Homossexual. Fono é som. O mesmo som. E o senhor ainda queria que eu entendesse? Como é que eu conheci ela? Já disse, na escola de chinês. Desculpe, mas que língua estamos falando? Não, porque parece que o senhor não quer entender. Na escola de chinês. NA-ES-CO-LA-DE-CHI-NÊS! Vou perder o voo se continuarmos assim. Me diga o que o senhor quer saber e eu respondo, o.k.? O quê? Não, desculpe, desculpe, claro, vou me acalmar, mas é que assim eu acabo perdendo o voo. Não, é claro, eu sei, eu sei, é o senhor quem manda, é o senhor quem manda. Pego o voo se o senhor quiser. Vou repetir, sim: aqui, é o senhor quem manda. Isso, vou esquecer o avião. Pronto, já esqueci o avião. Pronto. A pressa é inimiga da perfeição. *Yu su er bu da.* Pronto. Do começo, certo, vamos começar do começo. Eu conheci ela na escola de chinês. Pronto. Por que fui estudar chinês? É a língua do futuro. Não tem resposta. Não deixe pra amanhã o que pode fazer hoje. *Bu yao ba jin tian de shi tui dao ming tian qu zuo.* Como? Um dia, todo mundo só vai falar e entender chinês. Pode escrever. Até isso aqui entre nós, este interrogatório, vai ter que ser em chinês. E aí quem não falar tá fodido. Já pensou? Eu não quero me foder. Ninguém quer. Claro, claro. Aqui não se fala palavrão. O senhor manda. O.k., não é interrogatório. Não precisa gritar. É uma conversa. Tem um monte de negócio aí nas paradas pra quem fala chinês. Comércio exterior, importação-exportação. O senhor sabe que daqui a uns anos, se for pra seguir as previsões dos economistas, o 'cenário' [*ele faz o gesto das aspas com as mãos*], não é assim que se fala?, o 'cenário' vai ser a China, maior economia do mundo? O senhor não leu que eles estão até pensando em instalar uma célula do PCC na estação espacial chinesa, com membros que vão ter no espaço as mesmas atribuições que eles têm aqui na Terra? É! Pode se preparar, sim! Burocratas. É! PCC mesmo. Não, não estou de sacanagem. Não leu? Na rede. Não, burocratas! Nada a ver com traficante, nada a ver. Partido Comunista

Chinês. Outro PCC. Burocracia no espaço. E quando eles invadirem o Brasil, quero dar as boas-vindas em chinês, cantando. Sabe como é que se diz? Não quer saber? Pois foi assim que ela me recebeu no primeiro dia de aula, na porta da escola, cantando as boas-vindas em chinês, *huang ying, huang ying*, que nem fazem lá na China no primeiro dia de aula, no jardim de infância, e quem disse que eu entendi? Ela cantava e cantava, sorrindo, *huan ying, huan ying*, e eu, disfarçando, repetia a primeira sílaba *huan huan*, que era só o que eu tinha pescado, a primeira sílaba e não a segunda, memória episódica de longo prazo, se fosse a segunda sílaba seria de curto prazo, sem saber o que estava dizendo, óbvio, sílaba é modo de dizer, porque em chinês não tem palavra com mais de uma sílaba, ou duas, na verdade não tem nem sílaba, cada caractere já é uma diversão, e uma palavra!, não sabia?, e dançava junto com ela, dançar também é modo de dizer, na porta da escola, quer dizer, balançava o corpo pra lá e pra cá, com os braços soltos, e sorria pra ela, fazendo eco da primeira sílaba, *huan huan*. No tom errado, é claro. Sabe que aparelho de surdez na China não funciona? Pois é... E sabe por quê? Por causa dos tons. É! Curti. Tom não é língua; é música. E aí, fodeu. O aparelho não capta. Ai, claro, desculpe. Aqui não se fala palavrão nem chinês. Não, não estou fazendo piadinha nenhuma, não, juro, desculpe, só não quero perder o avião. Sai agora, às seis. Pronto, já esqueci. O quê? O senhor tem um jeito gozado de falar. Não, mas o vocabulário não seria um pouco anacrônico? Ah, vai! Claro que sabe! Ultrapassado. Não, não. Ofensa nenhuma. Não, não tomei nada. Também não. Sou assim mesmo. Fico nervoso com aeroporto. Já estou mais calmo. Estou calmíssimo. Pode deixar. Do começo. Certo. Então, ela me recebeu cantando *huan ying, huan ying*. Tem mais da música: *gao xing wo jian dao ni*. Não? Tudo bem, não quer ouvir, tudo bem. É que eu decorei, tinha que decorar, não é?, senão não passava de ano. Escola de adulto, sim, é claro que era escola de adulto. Mas o método é de criança, né? O senhor sabe que há uma grande escassez de material didático no Brasil pra quem ensina chinês? Ainda. Incrível, também acho. Xerox. Borboleta, formiguinha, minhoquinha. Não estou de sacanagem. Alfabetização na China é assim, então não tem por que não ser igual no Brasil, com adulto. Se os chinesinhos aprendem assim, por que é que a gente não pode aprender também? Não sei, o método não fui eu que criei, mas acho que eles pensam assim, o senhor pode perguntar pra eles quando invadirem. Aliás, quero ver quem não falar chinês na hora que eles invadirem. Mas a gente é amigo, se tiver problema, o senhor diga que me conhece. Toda grande potência acaba fazendo merda em algum momento. Ô, desculpa aí. Foi mal! Mas é verdade. Pode escrever. Toda grande potência. Porque é humano. E humano, o senhor sabe, um dia tem que acabar. O quê? Não é amigo? Tudo bem. O senhor não leu sobre a 'partícula de Deus'? [*O estudante de chinês faz o gesto das aspas com as mãos.*] Não é assim que eles chamam? Quem? Os físicos! Os físicos e os colunistas e os articulistas e os repórteres! Partícula de Deus! *Shenmi.* Em chinês, claro, pra todo mundo entender. *Shen*, deus. *Mi*, segredo. Mas na igreja da minha professora de chinês era *shangdi. Shang*, alturas. *Di*, senhor. Senhor nas alturas. Jesus. Curti. Ela era da igreja. É! Não sei qual. Só sei que tem Jesus no meio. E se não é Jesus que está arremessando esses asteroides contra a Terra, é quem? Quer maior prova de que Jesus tem péssima pontaria? Me diga. Sorte. O senhor não leu? Deu no jornal e eu guardei, de cabeça, é claro, posso repetir de cabeça, mas também tenho aqui, anotado, onde foi que eu pus? Ah! Aqui está, copiei: 'A descoberta confirma a visão grandiosa de um universo descrito por leis simples, elegantes e simétricas, mas no qual tudo o que é interessante, como nós, resulta de falhas e rupturas nessa simetria'. Interessante, não? O senhor sabia que o universo está se expandindo, com a aceleração da energia negra? Não sei, não sou físico. Mas boa coisa não é. Foda. Desculpe! Desculpe! E quando eu li isso? Claro, fiquei mal. Tanto que anotei aqui. Levo essa caderneta por toda parte. Pra anotar, claro. Não, não vou anotar nada. Não precisa dizer. Fique tranquilo, já disse, não vou anotar! Eu sei muito bem onde estou. [*Relê o que anotou, em silêncio, mexendo apenas os lábios.*] Interessante como nós... nós somos as falhas e as rupturas do universo! O articulista mandou bem. Foda. Foda. Se é humano, um dia tem que acabar. Também! Somos sete bilhões, crescendo no ritmo de setenta milhões ao ano. Somos uma epidemia infestando o planeta, um surto. Nós somos a doença, circulando em aviões pelos quatro cantos do globo, espalhando a nossa morte com todo tipo de vírus desconhecidos. E, como toda epidemia, temos um fim. Os elefantes não estão morrendo? Então? Até os elefantes, que vivem um montão. E os americanos? Chegou a vez dos americanos. Não perguntou. Ué? Pelo que eu vejo à minha volta. Não, eu sei. Não perguntou. Não, nada contra. Nada. Não precisa dizer. Todo mundo sabe que o antiamericanismo é a religião dos ressentidos e dos perdedores. Qualquer turista sabe. Pra ser franco, não tem nada melhor que americano, curti, adoro os elefantes também, e o vinho! Que seria das cepas ameaçadas de extinção sem os americanos, sem o Napa Valley? Syrah, Zinfandel? Mas, cá pra nós, também fizeram a maior merda, né? Não gosta de vinho? E como é que o senhor quer que eu diga? Com quais palavras? Como qualquer grande potência. Eufemismo? Dois pesos, duas medidas. É. Os fins justificam os meios. *Jieshu bianjie shouduan.* Diferença nenhuma. Se a gente pudesse, também acabava com a privacidade pra combater o terrorismo; também se aliava com Arábia Saudita, Bahrein e o escambau; também defendia tortura fora das nossas fronteiras, em nome da democracia. Vai dizer que não defendia?

Agora, peguei o senhor! Eles estão certos. O problema é a porra da contradição. A contradição é uma merda. Desculpe. Na Arábia Saudita, ladrão é amputado; aqui, é deputado. Não preciso de ladrão pra me representar. Tenho opinião própria. É só o que o senhor tem a dizer? Eu já esperava por isso. Ninguém aguenta contradição. É isso aí. Ninguém quer se ver no espelho. A contradição é a força e a fraqueza da democracia. Por isso é que não pode durar. Por isso é que a democracia está condenada a degringolar em fascismo e religião. Leia os colunistas. A gente só não faz porque não pode. Eu, se pudesse escolher, ficava com os americanos. Mas agora é a vez dos chineses. De acabar, não. De começar! É. De começar! Sem contradições. Chinês não tem contradição. E eles já começaram. Vão fazer aliança com russo, com iraniano, com Taleban, com o escambau, com todo mundo que não pode fazer aliança com americano. Pragmatismo. Por dinheiro, é claro, é sempre por dinheiro, o senhor queria o quê?, não vai votar em evangélico?, todo mundo sabe, está nos jornais. Qual é o problema? Não vai me dizer que o senhor é dos que acham que a internet é uma entidade do mal controlada pelas grandes corporações de mídia pra acabar com a vida privada! Eu sempre disse que os chineses iam fazer acordo com o Taleban assim que os americanos saíssem do Afeganistão, pra ganhar mais dinheiro. Não saíram? Todo mundo, eu vou repetir, todo mundo é filho da puta. A começar por turista. O.k., desculpe. Não gosta de política internacional nem de palavrão? Espere só quando eles chegarem. E quando começarem a falar palavrão em chinês. Aí a cobra vai fumar! Como quiser, mas depois não venha pedir ajuda pra traduzir a confissão que eles vão obrigar o senhor a assinar quando for preso. Em chinês! Polícia vai ser tudo chinês. Não só polícia. Bandido também. Não quer saber? A professora de chinês o quê? Pra falar a verdade, nunca entendi de onde ela tirava aquelas roupas. Simpática, né? Parece que tem um monte de mulher assim na China. Criativa. Sabe estilista? Faz uns negócios com uns panos. Deve comprar lá na Vinte e Cinco de Março, porque não tem dinheiro nem pra comprar chiclete, ou não tinha, mas está sempre com uma coisa assim, diferentona. Foi ela quem disse que não tinha dinheiro. Tinha que ser criativa. Misturava uns panos com uns negócios chineses. Se o senhor visse ela na rua, nem dizia que ela não tinha onde cair morta. Porque a verdade é que não tinha mesmo. Agora, eu só queria saber onde foi que ela arrumou o dinheiro pra comprar uma passagem pra China. Duas, né? Logo numa das primeiras aulas, ela me fez uma pergunta qualquer e os olhos dela brilharam com a minha resposta, que não me lembro qual foi, também não me lembro da pergunta dela, nem adianta querer saber, ela disse que também não suportava quando as pessoas se intrometiam na vida dela, com os olhos brilhando como os do senhor agora, só que não era de ódio, mas antes como se tivesse finalmente encontrado um amigo — já entendi, não somos amigos, não precisa falar assim —, ela disse que chinês não tinha vergonha — e, quer saber?, não tem mesmo, acaba de conhecer a pessoa e já quer saber se é casada, nem precisa ser polícia e já quer saber de tudo. Não quer saber? Bom, ela ficou contente de saber que eu não queria saber nada da vida dela nem queria contar nada da minha. E não perguntou mais nada, claro. Nada além de uma coisa ou outra, claro. Como o meu signo no horóscopo chinês. Fizemos uma aula inteira de horóscopo chinês. Não conhece? Ah, tem que conhecer! Pra mim, foi uma descoberta. Ah, se ajudou! Curti. Outra hora, claro. Só estou tentando explicar o método dela. Ela tinha que perguntar, né? É esperta. Quando queria descobrir uma coisa, achava um meio. Ela dizia o nome de um bicho, em chinês, óbvio, senão não era aula de chinês, e eu tinha que formar uma frase. Tipo: o rato é resistente, o cavalo é forte, o tigre é feroz etc. Na China, quando nasce homem, o nome é sempre atributo de bicho: valente, forte, bravo. Já mulher nasce com nome de flor. De flor ou de planta. É batata! Não, batata não. Ou de céu. Ou de passarinho. Ou de pedra preciosa. Tem um monte de mulher com nome de pedra preciosa também. Ela mesma. Liuli. É o nome dela. Isso. E aí, no final, ela perguntou qual era o meu signo no horóscopo chinês. E eu disse: Rato. E ela: Eu também! E aí, vendo que a gente tinha mais em comum do que eu imaginava, mesmo ela sendo chinesa, embora não aparentasse, sorrindo um pro outro, nos reconhecendo, nós dois, ratos, perguntei se ela também tinha nascido em 1960. E ela fez aquela cara totalmente chinesa. Não, nenhum preconceito. Deus me livre, sou brasileiro. É, indecifrável. Isso. Parva. Parva e jovem. Obrigado. Às vezes, mais quando eu fico nervoso, me fogem as palavras. Embora eu já entendesse alguma coisa, porque estava estudando fazia três anos, não é? Pedi desculpas: Ai, desculpa, você é de 72! O senhor sabe que o ciclo do horóscopo chinês é de doze anos, certo? Não sabe, óbvio, o senhor nem sabia que existia horóscopo chinês. Ah, sabia? Desculpe. Fui eu que entendi errado. Nenhum problema. Nenhum. Então, o senhor sabe que o mesmo signo volta a cada doze anos. E como ela continuava com aquela cara — como foi mesmo que o senhor disse? Isso! Parva. Não, não era só um sorriso indecifrável, era só a cara de parva e jovem, melhor —, tive que me desculpar de novo, porque ela era de 84. Errei a idade dela por vinte e quatro anos! Concordo. Velho devia ser exterminado. Começou a dar problema, começou a não reconhecer... Aposentado é um estorvo pra sociedade. Basta fazer os cálculos. Não há economia que aguente. Nem a China! Então, não sou bom fisionomista. Já dei o meu depoimento. E não sei como posso ajudar além do que já ajudei. Tenho até medo de atrapalhar a sua investigação. Ou acabar tendo um problema de saúde aqui. Já pensou? Passageiro inocente tem síncope nas dependências da Polícia Federal. Então, estou liberado? Veja, o meu voo sai... Claro, meia-idade, não, o senhor tem toda a razão. Muito saudável, sim. Já entendi, sim, o voo é secundário, vou pra China quando o senhor quiser. Claro. Claro. Ah! Esqueci de dizer também que, antes dela, tive outras professoras de chinês, sempre na mesma escola, e que, uma depois da outra, elas iam desaparecendo sem explicações. É! Investigação? Ha-ha! Onde é que o senhor está com a cabeça? Imagine! Investigação! Era o que faltava. Se fizessem investigação, os donos da escola estavam fritos e eu não estava aqui. Estava estudando chinês com a minha professora. Mas aqui bandido não vai pra cadeia. Não lê jornal? Os bandidos estão soltos, enquanto vocês prendem passageiros honestos! Que é isso?! Não precisa falar desse jeito! Bom, eu chegava pra aula de manhã e dava de cara com uma nova professora. Foi assim no dia em que ela me recebeu, cantando *huan ying, huan ying*. Não, não vou cantar de novo. Não precisa se estressar. Era só pro senhor entender. Porque, senão, fica tudo muito solto, precisa amarrar, não é?, pra depois não haver mal-entendido. Não precisa gritar! Não estou enrolando nada. Não dava pra continuar dizendo o que eu ia dizer sem antes explicar que já tinha tido outras professoras antes dela e que eu conhecia mais ou menos a pronúncia do norte, que era como falavam as outras professoras que desapareceram sem explicações, porque pra mim foi um choque quando ela começou a falar com o sotaque do sul. É, do sul. Ela é do sul. É. Em chinês, ou melhor, no sistema de transliteração sonora que eles inventaram pra gente entender como é que se pronunciam os caracteres, um monte de palavras começa por 'ch', que se pronuncia como se fosse 'tch'; por 'sh' e por 'zh', que se pronuncia como se fosse 'j', e outro monte começa por 'c', que se pronuncia como se fosse 'ts'; com 's', que se pronuncia como 's' mesmo, e com 'z', que se pronuncia como se fosse 'tz'. O senhor não quer saber. É bem simples, é só... Certo. O.k. Mas, no sul da China, eles confundem tudo. Então, ela dizia sapéu e suva. Eu dizia: Não é sapéu, é chapéu; não é suva, é chuva. E ela repetia: Que foi que eu disse? Sapéu, suva. Quer ficar louco? Em português, tudo bem. Isso não é nada. Mas, em chinês, uma língua de monossílabos, cha, sa, cho, so, zu, zhu, su, cu, ku! Se antes... não, não é palavrão, se antes, com as professoras do norte da China — já disse que não é palavrão —, se antes eu já não entendia nada, muito menos agora, com uma professora do sul. E aquilo me deixou maluco no início. Normal, né? O que tinha sido feito da minha professora anterior, com sotaque de Pequim? Vou ter que abrir outro parêntese, pro senhor entender, e isso sem nenhum racismo, não vai ficar chateado, pelo amor de Deus!, não precisa gritar, mas um amigo meu, que aliás é judeu, e por isso não pode ser antissemita (o que prova que eu também não sou, não é?, porque sou amigo dele, amigo mesmo, de verdade, do coração), me disse outro dia que os chineses são os judeus da Ásia. E eu concordo, quer saber? Chinês sempre odiou o comunismo. O senhor não perguntou a minha opinião? Mas é que se eu não disser, não vai entender a história. Muito bem, o.k., o senhor manda. Eu? Não, racista, não. Onde já se viu brasileiro racista? São dezenove novos milionários por dia em nosso país. O que eu queria dizer é que chinês não tem respeito pelo ser humano. Ainda mais por empregado. Chinês nasceu pra explorar os outros. Pra cometer abuso de autoridade. E não é pra menos. Vida na China não vale nada. Aqui? Aqui também não, mas pelo menos a gente fala a língua. Vai ver quantas pessoas são executadas por ano na China, por nada! Não sabe? Não faz a menor ideia? Onze por dia! É, é um montão de gente. E é uma gente dinheirista desgraçada. Não é minha opinião, não. Todo mundo sabe. Bom, não falo mais. O.k., o.k., não falo mais nada. Não estou insinuando nada. Estou nas suas mãos. O que o senhor quiser.

Faça o que o senhor quiser. Não precisa gritar. Tudo isso só pra dizer que os donos da escola pagavam tão mal as professoras, que nenhuma ficava. Quando pediam aumento, eram mandadas embora, escorraçadas. E a oferta foi sendo reduzida, claro, a ponto de terem de contratar uma professora do sul da China, que chamava chapéu de sapéu. Mas eu comecei a gostar dela, quer saber?, curti, e não só porque no fundo ela era ótima professora (mesmo se o pouco que eu falo hoje é tudo errado, aprendi mais com ela do que com qualquer outra professora com sotaque de Pequim). Como ela não gostava de gente intrometida, começou a me confiar a vida dela sem que eu tivesse perguntado nada. Pra evitar as perguntas, entende? Tudo a conta-gotas, é claro. Doses homeopáticas. Nada a ver com homofonia. Mesmo prefixo, outra palavra. Quer saber a história ou não quer? Bastava eu ficar interessado, e querer saber mais e fazer uma pergunta, pra ela interromper o que estava contando e voltar à aula. E não adiantava insistir, ela sorria e desconversava e só retomava o assunto semanas depois, quando dava na telha dela e quando eu menos esperava. Ela repetia: Você vai contar a minha história um dia. E não é que ela sabia? Você vai escrever a minha história. Uma história muito triste. Claro. Toda história chinesa é tristíssima, eu respondia pra ela. O senhor nunca viu filme chinês? Deprimente. Aquele negócio de gente voando com adagas. E não é pra menos. O senhor acha ruim nascer no sul da China? Não acha? Não sabe. Não acha nada. Pois imagine nascer numa aldeia do interior do sul da China, depois de terem implantado a política do filho único. Também não sabe o que é? A China tem mais de um bilhão e trezentos milhões de habitantes. Imagine se não tivessem controle de natalidade! Chinês quer ter filho. Na verdade, todo mundo quer ter filho, mas chinês quer muito mais — e quer ter filho homem. E, de tanta gente querendo ter filho homem, acaba só nascendo mulher! É sempre assim. Deus é o maior espírito de porco que eu conheço. Quando ela nasceu, a mãe já tinha duas filhas! Já estava mais que fora da lei. Já tinha ultrapassado sua cota de erro. Mas não ia parar enquanto não tivesse um filho. É, o senhor vai ver quando eles invadirem. Chinês é teimoso. E se gente não vale nada na China, mulher muito menos. Porque tem demais. Quando a mãe dela ficou grávida pela terceira vez, foi se esconder em outro vilarejo, onde ninguém sabia quem ela era. Passou seis meses na clandestinidade. Quase morreu no parto. Pariu sozinha, escondida, fora da lei. Mas, em vez de um filho, claro, nasceu a minha professora de chinês! É sempre assim na vida. As coisas vêm quando você — desculpe, o senhor — menos espera. A mulher não sabia o que fazer com aquela porcaria de criança magricela. Na China, mulher já nasce com osteoporose. E aqui não? Falta de cálcio. Não sabia? Quer maior decepção? Liuli, Lazurita. Mais uma filha! É! Telha vitrificada. É o nome, Liuli. Dessas que chinês põe em telhado de palácio. Uma ironia pra quem nasce com osteoporose. Lazurita. Ou Cristal, se fosse brasileira. Tradução livre, né? Liuli também quer dizer Mendiga Miserável. Duplo sentido, não. Depende do tom. Não, ela não disse nada. Fui ver no dicionário. Quase tudo na vida não quer dizer o mesmo e o contrário? Então? Em chinês é pior. Liuli. Cristal e mendiga miserável. Quer dizer aborto também. E, pra não jogar no lixo, que é como a gente faz aqui, a mãe acabou entregando a recém-nascida Liuli pra vizinha. Presente de grego, né? Puta que pariu!, desculpe, desculpe! Cristal, aborto ou mendiga miserável, tudo depende do ponto de vista. Na verdade, dependendo do caractere, Liuli também quer dizer Seis Ritos do Casamento, Triste e Angustiada, Elegante e Fluente, Lápis-Lazúli, Lazurita, Barulho das Árvores ao Vento, Olhos, Céu e Neve. Ou seja, tudo e nada. É o escambau. Em chinês, vale tudo. Pra vizinha, dava no mesmo. Já estava completamente fora da lei mesmo, mas essa era um caso irrecuperável, tinha sete filhos, todos passando fome e se esfalfando o dia inteiro no campo. A vizinha era ainda mais pobre que a mãe biológica da minha professora de chinês. Mas uma mulher de bom coração naquele cu de mundo. Desculpe. Foi um lapso. Como não sabe? Lapso? Claro que sabe. Ah, cu? Não, claro. É que cu pra mim não é palavrão. Tenho descendência portuguesa e chinesa. Ninguém diz. Eu sei. Cu em Portugal não é palavrão. É! Tá pensando o quê? O quê? A professora de chinês? Só descobriu que era filha da vizinha quando os coleguinhas de classe começaram a gozar da cara dela, que era igual à da vizinha, escarrada. Devia ter sete, oito anos, por aí. Mas foi só quando ela fez vinte anos que a mãe adotiva disse a verdade pra ela, que não era mãe dela, que a mãe dela era outra, morava na mesma rua, era fulana de tal, e foi só então que a minha professora de chinês disse pra mãe adotiva que já sabia desde sete ou oito anos mas nunca tinha dito nada pra não deixar ela triste. A minha professora de chinês gostava muito da mãe adotiva. As duas se abraçaram e choraram. A mãe de verdade logo emigrou, quer dizer fugiu, pro Canadá, com o marido e as duas filhas, irmãs mais velhas da minha professora de chinês, as sortudas, foi todo mundo trabalhar num restaurante chinês em Toronto, e foi só quando a minha professora de chinês já estava aqui, ensinando chinês, que ela afinal ligou pra mãe biológica, no Canadá, e as duas choraram muito no telefone, mas só até a mãe lembrar que a ligação era a cobrar e dizer que tinha esquecido o arroz no fogo e desligar. Acho que só se falaram mais uma vez. A única coisa que a mãe biológica queria saber era se a minha professora a essa altura da vida já tinha arrumado um marido. E ela não gostava quando perguntavam da vida dela. Não! Foi ela que me contou que trabalhava numa igreja. Era noiva de Jesus. Não perguntei nada. Deduzi. Ela contava as coisas fora de ordem, eram só uns lances, assim, de repente, e por isso eu nunca soube como é que ela veio parar aqui, nesse país, porque desapareceu antes de poder contar, no meio da lição 22 do quarto livro do curso intermediário. Se eu perguntava, ela desconversava e voltava à aula. *Wo shi zhong guo ren. Ni shi ba xi ren.* O.k., o.k. Nem chinês nem palavrão. Ela era missionária da igreja. Ia de casa em casa, batendo na porta dos chineses fodidos como ela, desculpe!, desculpe!, lá na Vinte e Cinco de Março, com a Bíblia debaixo do braço, pra levar eles pra igreja, como antes fizeram com ela, na China. Disse que começou aqui, que antes ela não era da igreja, nunca tinha ouvido falar na igreja, mas não dá pra saber, porque na China igreja é proibido e ela não ia entregar o trabalho clandestino dos missionários na China, dizendo que foi lobotomizada pelos colegas lá mesmo, não é? Quer saber? Pra mim, ela entrou pra igreja na China mesmo. E tinha escolha? Um dos irmãos subia a montanha toda madrugada e voltava no final do dia, às vezes só no dia seguinte, com um saco de lenha nas costas. Outros dois passavam o dia curvados, plantando arroz debaixo do sol, com os pés enfiados no charco. A irmã mais velha vivia com as mãos cheias de sangue. Vendia porcos na feira. E matava os bichos ali mesmo, diante dos clientes, a maior gritaria, uivos de horror. Ah, era uma festa! A irmã era conhecida como Zhang, a estripadora. Gorda. E não tem nada mais injusto neste mundo que gente gorda. A professora de chinês me disse que, se tivesse ficado por lá, já estava morta, porque era magra. Um dia em que ela faltou, porque estava doente, e estava sempre doente, tinha nascido com osteoporose, o diretor da escola me ensinou um monte de palavrões em chinês — não, não vou dizer nenhum!, pode ficar sossegado, até porque o senhor não ia entender —, mas pediu que eu não contasse pra ela na aula seguinte, porque ela podia ficar ofendida. Vamos combinar! O senhor, tudo bem, mas não é possível uma moça de vinte e poucos anos não poder ouvir palavrão em chinês, só porque é da igreja, e ainda mais chinesa, que nasceu falando a língua do demônio. Não é à toa que não pode ter igreja na China. Já pensou? Ela me deu uma revista da igreja e lá estava escrito, em chinês, na língua do demônio mesmo: 'Satã é o mestre invisível do universo'. Concordo. Por que ninguém acha que o mundo foi criado pelo demônio? Curti. Um dia, quando entrei na sala, ela estava chorando. Queria saber se a aula dela era ruim, se eu considerava que ela era má professora. Não, não! De jeito nenhum! E por que seria? Ela tinha descoberto que nenhuma professora da escola ganhava tão mal quanto ela. Foi pedir aumento e a dona da escola, chinesa dinheirista como todo chinês, e nisso não vai nenhum preconceito, pelo amor de Deus!, está nos jornais, leia as reportagens!, disse que ela ganhava o que merecia e que nenhum aluno queria ter aula com ela. Só eu. Tentei explicar com jeito que podia ser o negócio do 's' e do 'ch', mas que isso era o de menos, porque ela era excelente professora. Ela me agradeceu. Chegou a dizer que, se não fosse por mim, já tinha ido embora da escola e voltado pra China. E é por isso que não entendo como é que foi me abandonar no meio da lição 22 do quarto livro do curso intermediário. E agora, quando reaparece e tem a chance de me explicar a razão, é levada pelo seu colega. Qual colega? O que tirou ela da fila! Agente, como quiser. Pra mim, tanto faz. Não sei os nomes, não sou da polícia. Onde é que vocês meteram a minha ex-professora de chinês? Como? Droga? Que droga?! Ela é crente! Afinal, que língua estamos falando aqui? Então, somos dois. Coincidência mesmo. Porque os crentes também me dão arrepios. Sei como é. Quanto mais distante a religião, mais bela lhe parece. Me diga se estou errado. Aposto que deve achar o budismo lindo. Aposto que é budista. E vegetariano. A religião das plantas. Judeu? Mesmo? Não, nada. Desculpe. Não parece. Polícia judeu. Racismo nenhum, pelo amor de Deus! Nunca vi polícia judeu. Claro que estou nervoso. Da boca pra fora. O senhor não sabe que brasileiro é inconsequente? Semita? O meu nome? Não, não. É, parece árabe, mas não é. Não, não é. Certeza absoluta. Onde é que o senhor quer chegar? O senhor não vai reter o passaporte, vai? Vai reter? O nome não é árabe. Como é que é? Falso?! Pois vou falar, sim, tudo o que eu segurei até agora, vou falar: os efeitos disso aqui sobre uma pessoa inocente são piores do que os de qualquer entorpecente, se é o que o senhor quer saber. Vocês querem me deixar louco? É isso? Porque, se for... Novas o quê? Novas diretrizes da brigada antiterror? Olhe bem pra minha cara! O senhor acha que eu tenho cara de otário? Como? Jihadista? Jogos o quê? O senhor acha que eu pretendo jogar um avião chinês em cima do Cristo Redentor?! Se embarcar, claro, se embarcar! Pode revistar as malas! Pode revistar! Reviste tudo! Não é porque o senhor é judeu que eu não vou dizer o que eu penso. O senhor leu a última declaração do vice-presidente do Irã? Não leu? Pois devia. Não lê jornal? Aqui não tem wi-fi? E quem disse que era pra confiar no vice-presidente do Irã? Eu disse? Disse? Então, deve saber que milhares de judeus vivem no Irã. Não? Ele disse que o Talmude é o culpado pelo tráfico de entorpecentes. Quem, não; o quê. Isso mesmo. Tal-mu-de. Pronto, falei. Como não? Claro que sabe. Ah, é? Então, desculpe. Não está mais aqui quem falou. Não, já disse que não sou racista nem jihadista. Racista entra em sinagoga, templo hindu e mesquita, atirando em nome de Deus. Sou brasileiro. Então, o Talmude — e não veja nisso nenhum preconceito, não é pessoal —, o Talmude é o responsável pelo tráfico de entorpecentes internacional. Não fui eu quem disse. Foi o vice-presidente do Irã. Piada? Achou mesmo? Pois está no jornal! Ele — ele quem?! —, o vice-presidente do Irã, pergunta se o senhor já viu algum sionista drogado. Não? Pois aí está a resposta. São eles que controlam o tráfico de entorpecentes. Os sionistas. Como? Não, nunca vi crente drogado. E daí? E daí?! Entenda, não tenho nada com isso.

Não sou antissemita. Não fui eu que disse. Foi o vice-presidente do Irã. Estou só reproduzindo o que eu li. São argumentos dele. Está nos jornais, nas revistas, na internet. Em todo caso, crente não é traficante. Isso é certo. O.k., os salafistas podem financiar a guerrilha no Sahel com tráfico de droga, banditismo e o escambau, mas a minha ex-professora de chinês não é salafista; é crente. E nós não estamos ligados nesse plano! Ela poderia até estar drogada, poderia, digamos, hipoteticamente — e, nesse caso, seria vítima, usuária talvez, o que a meu ver já seria totalmente inverossímil, usuária crente, onde já se viu?, mas traficante!? Pelo amor de Deus! Minha ex-professora de chinês é fóbica. Não ia se arriscar a vir pro aeroporto pra ser cheirada por cachorro da polícia de entorpecentes. Chinês é louco por bicho. O que puser na frente, ele come. Mas a minha professora detesta os animais. Sempre detestou, desde pequena. Só pro senhor saber. É mais uma informação, não é? De repente, ajuda. Então! Uma vez, fizeram ela comer carne de cachorro no café da manhã, porque não tinha outra coisa em casa, mas não contaram pra ela, porque senão ela não comia, claro. E quer saber? Eu também não. Mas sabe como é criança? Ela comeu sem saber o que era. E achou uma delícia. E quando saiu pra escola — ia a pé pra escola, né? No sul da China, não tem essa mania de motorista pra lá, guarda-costas pra cá; não, não, é outra realidade, ainda mais naquele tempo, lá na puta que pariu, desculpe, era a pé ou de bicicleta e olhe lá — e de repente notou que estava sendo seguida por um cachorro? Começou com um. E dali a pouco já eram dois e depois três e quatro. E, no final, todos os cachorros da aldeia estavam seguindo a minha ex-professora de chinês, pra vingar o cachorro que ela tinha comido no café da manhã. Porque ela exalava o cheiro do amigo deles desaparecido. E, antes que ela pudesse entender o que estava acontecendo, já estava cercada por uma matilha de dezenas de cães que não latiam, não mordiam, não faziam nada além de cheirar e seguir a minha ex-professora até a escola. Todos cheirando a minha ex-professora de chinês. Pra humilhar, claro. Bicho é foda. Opa! Desculpe. Aquela ameaça silenciosa, sabe? Não é pra menos que ela ficou desse jeito, não é? E não é à toa que foi parar na igreja. Por causa dos cachorros, claro. Eu acho que explica. Só pode ser. Que mais? Inclusive, se o senhor quiser saber mais alguma coisa dela, nem precisa de mim, se quiser fazer ela falar, fica aí a dica, não custa nada, põe um cachorro do lado dela. Eu acho que pra tudo na vida tem um trauma de infância. E a religião serve pra enfrentar esses momentos difíceis na vida da pessoa, não é? É uma estratégia de combate e defesa. O senhor sabe que em vinte anos a percentagem de religiosos no exército de Israel passou de dois por cento para quarenta e dois por cento? E que as pessoas com tendências espirituais não filiadas a nenhuma igreja são mais suscetíveis a sofrer distúrbios psíquicos? Eu, não. No mundo. É, os independentes. Os autônomos. Distúrbios mentais. Não sabia? Pois leia. Na rede. Antissemita coisa nenhuma! Já disse que não é pessoal. O senhor não entendeu nada. Estultice? Problema seu. Não, não! O nível está muito baixo. Quarenta e dois por cento! Sabe o que é isso? De novo, o vice-presidente do Irã. É minha fonte, sim. E daí? E por que é que ele não haveria de saber se vive ali do lado? Quem? O vice-presidente do Irã. Pois foi bom mesmo o senhor dizer. Tem medo do que eles podem fazer com a bomba? E Israel? Não tem medo do que Israel pode fazer com a bomba? Por quê? Não tem? Mesmo? Ora, pelo mesmo amor de Deus! Não diz, mas todo mundo sabe. Democrático? O senhor prefere? Pois eu também. Quer saber? Também prefiro Israel, com colônia, território ocupado, assentamento, muro e o escambau, prefiro. De longe. Sério! Os islamitas me dão arrepios. Mulher de véu, burca. Sou um cara da alegria, do samba. A beleza da mulher é pra mostrar. Crente também. Aquelas saias compridas. Cabelo até a bunda. Não pode cortar. Morro de medo. Já colono é figuraça! Chapéu de frio no deserto. Aquelas perucas diferentonas. O maior carnaval. Jihadista não tem nenhum senso de humor. O Taleban agora acredita que os assistentes sociais que trabalham pela erradicação da pólio no Paquistão são agentes da CIA. Só porque antes algum agente da CIA se infiltrou na campanha contra a pólio no Paquistão pra obter informações sobre o paradeiro do Osama bin Laden. Numa boa! Tem graça? Não tem. Nenhuma. Acha que não tem explicação? Pois os cientistas descobriram que tem. Descobriram que quanto mais rigorosa a religião, maiores as chances dela ser bem-sucedida. Ultraortodoxo ou fundamentalista. O que o senhor prefere? É a cruz ou a caldeirinha. É o futuro. O quê? No Corão? É mesmo?! Alá disse? Alá? Não brinca! Tem certeza? Disse no Corão que Israel é a terra dos judeus? Não creio! E dos assentamentos?! Não disse? Então, a gente tem que avisar o vice-presidente do Irã. Ele não está sabendo. Não! Eles não estão sabendo. Alguém deve ter arrancado essa página do Corão na edição que eles compraram pra distribuir no Irã. Puta sacanagem, viu? Desculpe. Numa boa. Palhaçada vender livro faltando página. Sabe o nome disso? Censura. Os colunistas também não estão sabendo. Nem os comentaristas. Na rede. E na imprensa! Alguém tem que botar na rede! Aqui não tem wi-fi? Alguém tem que avisar! Está no Corão! O senhor não lê jornal mas lê o Corão! Isso é que importa. Lê jornal também? Ah. Não lê o Corão. Lê só jornal. Tudo bem. Os colunistas? Imbecis? Acha? Acha fácil? Ah, é? Basta o quê? Reproduzir os preconceitos do leitor? É o que o senhor acha. Irresponsáveis? E por que não escreve, reclamando? Pode, claro! Manda demitir. Cria um blog! Quem manda em jornal e em revista semanal é o leitor. Não sabia? O próprio jornal. E as revistas. Colunista só fica se o leitor quiser. Lei da oferta e da demanda. Mercado financeiro. Sem querer ofender, o senhor não sabe nada. Fora essa história aí do Corão, que pra mim é novidade. Ah, é! Vou escrever. Eu sempre escrevo pra seção de cartas do leitor. Eu também tenho um blog. Estou no Facebook. Tenho muita opinião. E seguidores. O endereço é fácil. Não quer? Tudo bem, não quer, não precisa anotar. Tenho milhares de amigos e seguidores. Mais um, menos um, pra mim tanto faz. Mas vou dar minha opinião assim mesmo. É meu direito de cidadão. Estamos numa democracia. Ou não estamos? Me diga. Não, faço questão. Por favor, me diga. Claro, liberdade de expressão em primeiro lugar. E de ir e vir! Até eles invadirem. Chinês não tem noção espacial, não sabe ler mapa. Eles só fabricam GPS pra exportação. Na China, não pode ficar mudando de um lado pro outro, sem autorização, que nem aqui. Se nasceu num lugar, tem que ficar. Ela mesma, a minha professora de chinês, mesmo depois de anos aqui, só conhecia os bairros que ficavam ao longo da linha do metrô que ela pegava. Não tinha noção do todo, não conseguia juntar os lugares por onde passava, não conseguia formar uma ideia geral de cidade na cabeça dela. Quando ela desapareceu, eu até achei que pudesse estar perdida. Claro. E que alguém tinha que salvar ela. Dá um mapa pra taxista chinês e vê só pra onde é que ele leva o senhor! Só quero ver na hora que os taxistas forem todos chineses. Depois diz que eu é que sou terrorista! Deixa só eles invadirem! Ninguém mais vai conseguir sair do lugar. Olhe, eu sei como é que o senhor se sente. Eu também tinha medo da China, tanto que comecei a estudar chinês pra receber eles na língua deles, mas pense bem e agora me diga: e se os franceses elegerem um governo de extrema direita, é, na França, país dos Direitos Humanos? Na China, não tem direitos humanos, certo? Ser humano não existe na China. Como categoria, digamos assim. Mas e se no país dos Direitos Humanos eles elegem o candidato da extrema direita pra presidente? E aí? Já pensou? O senhor me diga agora. Peguei, né? Fica dando mole, tá vendo? E a França não tem bomba? Que bomba?! Ora, que bomba! De que bomba estamos falando?! Estamos falando do fim do mundo. Eu? Eu sei que os chineses também têm, mas lá é sempre a mesma coisa, a mesma ditadura, têm tradição, dão valor à tradição. Confúcio. Na França, é cada hora uma coisa. Democracia é isso. Cada hora uma coisa. Os chineses até agora não jogaram a bomba na cabeça de ninguém. Monge tibetano? Mas também o que é que eles querem? O Dalai Lama? Aquele que conseguiu escapar do Tibete convertido em nuvem? Pelo amor de Deus! Ah, é? Não disse? Sabia que o senhor achava o budismo lindo. Deve ser judeu vegetariano. Pronto, falei. Ingênuo, sim. Como a maioria. Não pensa. É, não pensa mesmo, como a maioria. Na democracia, tudo pode mudar de uma hora pra outra. Já pensou? Já pensou um governo fascista no país dos Direitos Humanos? Pra não falar nos neonazistas russos, gregos, alemães, húngaros, dinamarqueses e o escambau. Aí é que eu quero ver se o senhor não vai preferir se aliar com a China, país das ditaduras, e não vai receber eles de braços abertos, como eu, cantando em chinês, *huan ying, huan ying*! Vai marchar pianinho, que nem os chineses. Já viu parada militar na praça da Paz Celestial? Fica todo mundo dizendo que China isso e aquilo, que o orçamento militar da China isso e aquilo. Dando mole pra artista chinês falar contra o regime. Mas quero ver na hora que o país dos Direitos Humanos virar fascista! E com a bomba ainda por cima. E aí eu garanto que vai ser muito mais chique estudar chinês do que francês. Ninguém mais vai querer falar francês. Isso, é claro, se eles não jogarem a bomba na cabeça da gente e do resto da Europa antes da gente poder dizer que vai trancar matrícula na Aliança Francesa, porque é nisso que dá encurralar a ratazana. Ela pula em cima de você antes de você dizer que não quer mais falar francês. E não vai sobrar outra língua além do chinês. Porque tem mais chinês no mundo, claro. Um terço da população mundial! É só fazer as contas. Já pensou? Então, eles têm que ter mais chances de sobreviver quando o país dos Direitos Humanos virar fascista e jogar a bomba na cabeça da gente, que ficava aí dando mole, falando francês, não fala?, nunca falou?, melhor, de qualquer jeito vai sobreviver mais chinês quando todo mundo começar a jogar a bomba na cabeça uns dos outros, é matemática, já pensou? Não pensou. Não lê jornal. Darwin? Muito pior. E aí, depois de muitos anos, depois de uns cinquenta anos, e põe cinquenta nisso, um chinês vai abrir a portinhola do abrigo nuclear onde ele ficou escondido por mais de cinquenta anos com milhares de outros chineses, milhares nada!, milhões!, esmagados, milhões de chineses juntos!, e eles vão sair e recomeçar a procriar como antes da política do filho único imposta pelos comunistas — e aí é que eu quero ver quem não vai ter saudade dos comunistas e da Revolução Cultural e da pena de morte e da Revolução Russa e dos sionistas!, até o vice-presidente do Irã vai parar de falar mal de comunista — e num instante não vai ser mais um terço da humanidade, vai ser o planeta inteirinho falando chinês, e aí é que eu quero ver quem não falar chinês. Se mais alguém tiver sobrevivido, é claro. Vão abrir a portinhola do abrigo antiatômico e vão sair correndo pelo mundo, procriando, que nem Deus mandou. E a gente só não obedeceu porque é burro. Brasileiro é burro. Agora fica aí gay e lésbica alemã e americana adotando criança chinesa. Só quero ver o problema que isso vai dar. Só quero ver! Ninguém mais quer ter filho, fora os chineses. Os chineses vão abrir a portinhola e sair fazendo filho, que foi o que Deus mandou. Até Jesus vai falar chinês. Se é que já não fala desde sempre, porque só os chineses entenderam que era pra procriar. E olhe que nem Deus eles têm. Tanto que a igreja da minha professora está proibida na China. Proibidíssima! Porque se eles já procriam com essa facilidade toda, imagine se tivesse igreja dizendo que foi Deus quem mandou! Um exército de mulheres chinesas. O quê? Procriar! Puta que pariu! Desculpe. Estou nervoso e me empolguei. Acontece. Crescei e multiplicai-vos. Aí é que não ia parar mais de nascer chinês. Chinês e Jesus não pegam amizade. Entre eles, claro. É um negócio que não pode dar certo. O senhor não leu aquela história que os chineses esterilizaram à força centenas de chinesas? E ainda prenderam na base da porrada o advogado que denunciou o crime. Não lê jornal? O advogado cego? Agora está lá, curtindo em Nova York. Meu Deus! Inocente como eu. Pode escrever: daqui a cinquenta anos, até o seu neto vai ser chinês. Chinês, sim, senhor! Queira ou não queira. Ninguém perguntou. É claro que ninguém perguntou! E é esse o problema. Ninguém pergunta. O senhor não faz diferença. Porque até lá o senhor já vai estar morto. Qual é a sua idade? Eu já sei que não estou aqui pra perguntar. Só queria saber o seu signo no horóscopo chinês. Porque tem signo que não se entende com outro e aí nem adianta a gente conversar, porque não vai se entender mesmo, em língua nenhuma, nem em chinês, que é a língua do horóscopo chinês. Se eu sou rato e o senhor for cavalo, por exemplo. E daí? E daí?! Como, e daí? O que eu quero dizer é que não vai ser pra gente; vai ser pros nossos netos. Essa nossa conversa aqui. Só entre os nossos netos. Quer dizer, hipoteticamente. Sem ofensa. Só eles é que vão entender, porque vai ser em chinês. E é melhor começar a aprender desde pequeno. O senhor não tem filhos? Adota. Bom, calma, não precisa falar assim. Também não tenho. Mas, se eu tivesse, só falava em chinês com ele. É claro que não falo chinês, não precisa humilhar. Eu redobrava o esforço, passava a fazer intensivão em vez de duas vezes por semana, pro garoto pegar de pequeno, em casa. Criança bilíngue é uma necessidade. Não sabe, porque não tem filho. É, mas babá tem que ser tratada com objetividade. O pessoal fica botando filho em escola inglesa, escola americana, escola alemã, escola francesa, o escambau. Formando delinquente bilíngue. O senhor pôs os seus filhos em qual escola? O.k., o.k.! Não tem filho. Mas podia fazer como os gays e as lésbicas. Não estou de sacanagem. Podia adotar uma criança chinesa. Fica a dica. Tudo bem! Tudo bem! Mas quero ver na hora em que o país dos Direitos Humanos virar fascista e o senhor (não quero dizer o senhor; é só uma hipótese, maneira de dizer)... Agora, o senhor me pegou. Como é que eu posso explicar? O senhor não teve aula de português na escola? Era escola bilíngue? O.k., o.k.! É claro que sabe o que é hipótese. Está cansado de saber o que é hipotético, claro, claro. Não entendi, o.k.? Desculpa. Pode? Quer saber a minha opinião? Não quer? Bom, infelizmente, vou dar minha opinião. Foi o senhor quem me mandou falar. E agora quer que eu cale a boca? Não vou me abster. E quer saber qual é o problema? A educação no Brasil acabou. Acabou mesmo! O nível está baixíssimo. Não dá pra conversar. Não tem interlocutor. Ninguém sabe nada. Tá difícil encontrar gente do meu nível. Sou um cara informado. Pronto, falei. O senhor lê as revistas semanais? O.k., o.k. Não vem ao caso? Pois eu acho que vem. Senão, eu não tinha ido estudar chinês. Pra ter alguém pra conversar! Por que é que o senhor acha que o país está nesse estado? Não tem ninguém pra conversar. O.k., então, voltamos ao que eu estava dizendo. Imagine o senhor pagar anos de liceu francês pro seu filho pra acabar descobrindo que o país dos Direitos Humanos virou fascista e ainda por cima com a bomba atômica! Tem graça? Não tem. O.k., não vamos imaginar mais nada. Não trabalhamos com hipóteses. Eu também tenho horror. Detesto hipótese. Já disse que trabalhava no mercado financeiro e perdi tudo? O.k., eu não vou imaginar mais nada. O senhor imagine o que quiser. Fica todo mundo aí lutando pela pátria, fazendo tudo pela pátria, dando a vida pela pátria, inventando bomba atômica pela pátria, mas e aí? E na hora que o país dos Direitos

Humanos virar fascista, com bomba e tudo? Aí é que eu quero ver! Que é que os franceses vão dizer? Não tenho nada contra os franceses. E os americanos? Quem garante que os americanos não vão virar fascistas? Quem? O Partido do Chá? Como não? Nada a ver com a China. Tea Party! Todo mundo passa a vida dizendo que é impossível. Nada é impossível. Veja só: quando é que eu podia imaginar que em vez de embarcar pra China, que era o que eu pensava que faria até menos de uma hora atrás, ia acabar batendo papo aqui com o senhor? Pegando amizade. Quando? Me diga. Não é bate-papo. Certo. O que eu estou querendo dizer é que nada é impossível. A gente nem se conhecia. E quando é que eu ia imaginar? Menos de uma hora e já falei mais com o senhor do que nas últimas três semanas com qualquer outra pessoa. Nada é impossível. Puta solidão, sim. Quê? Desculpe. E daí que eu resolvi estudar chinês também. Na China tem muita gente. Não aprendi até agora, admito, mas vou aprender. Isso, é claro, se a professora de chinês reaparecer. E, pra começo de conversa, se ela não tivesse desaparecido bem no meio da lição 22 do quarto livro do curso intermediário, sem dar a menor satisfação. Eu? Por quê? Tenho simpatia, sim. E daí? Não só revista semanal. Jornal também. Leio blog. Acompanho. Sei do que estou falando. Leio os colunistas. É! Colunistas de jornal, sim, senhor. Colunistas, articulistas, cronistas. Revista, jornal, blog. Gente preparada, que fala com propriedade, porque sabe o que está dizendo. E não é por acaso, ou é? O senhor me diga. Não, não, faço questão. O senhor devia se informar melhor. Os elefantes estão morrendo. O Talmude está por trás do tráfico internacional de entorpecentes. E o senhor acha que eu tenho cara de jihadista? Eu, não. O vice-presidente do Irã, aquele que comprou o Corão faltando uma página. Logo aquela em que Alá dizia que Israel era a terra dos judeus. Curti. E pra onde o senhor acha que vai o dinheiro do tráfico internacional de entorpecentes? Pra onde? Pros bancos! É, sim, senhor! Pra onde é que o senhor achava que ia todo esse volume de dinheiro? Pra debaixo dos colchões do traficante da favela? Minha professora de chinês não pode ser traficante, porque é crente. Como? Violão? Não que eu saiba. Na igreja? Nunca vi chinês tocando violão. Mas deve ter, claro, deve ter. Igreja sempre tem violão. Não vou generalizar e dizer que chinês não toca violão, só porque nunca vi chinês tocando violão. Aí, sim, seria racismo. Aí, sim! Também nunca tinha visto chinês crente. É daí que vem o preconceito. Gente falando do que não conhece. O racismo é uma merda. Como a inveja, né? Eu? Não. Nunca. Não sou racista nem preconceituoso. Só não gosto do que é errado. E nisso concordamos, eu, os comentaristas, os colunistas, os crentes e a minha ex-professora de chinês. Não gostamos do que é errado. Eu conheço. Conheço racistas. Farejo de longe. E me afasto. Ah, eu prefiro. Pra não brigar. Sei do que estou falando. Os colunistas também sabem. Quer dizer, sabiam, até essa história de Alá. Inacreditável. Mas me admira o senhor, homem informado, como é que acabou desse jeito? Pecado é o que fazem com as crianças! Vocês só pensam nisso? Quem foi que falou em pedofilia aqui? Por favor, o senhor ouviu alguém falar em pedofilia? Por acaso falei em pedofilia?! Falei?! Em algum momento, o senhor me ouviu falando em pedofilia?! Não estou nervoso! Não estou nervoso! Mas não ponha palavras na minha boca! Não tenho preconceito nem contra preto, quanto mais contra judeu, que em geral é branco. Mas quando a gente vê aquelas crianças com aquele corte de cabelo! E depois vêm falar da Igreja católica! Não se enxergam? Que horror! Isso, sim, é pedofilia! Ué, não é possível! Nunca viu? Aquelas meninas com o cabelo igual à peruca da mãe? Nas mães pode ser engraçado, no meio do deserto, ocupando terra de palestino, mas nas crianças?! E os meninos de trancinha igual aos pais? Como é que deixam? Isso é exemplo pra juventude? Depois o mundo fica cheio de gay e ninguém sabe por quê. Eu? Crime? Não estou julgando nada. Estou descrevendo o que eu vejo. Me diga se não é pedofilia! É claro que está cheio de padre pedófilo e de católico pedófilo. Pudera! Quer maior antro do que Igreja católica? O maior antro da pedofilia universal! Nisso concordamos, o senhor, eu, os salafistas e os crentes. E os colunistas. E os comentaristas. Mas não é desculpa. Não é desculpa pro que os pais fazem com as crianças! Imitação barata. E não é só ortodoxo, não! O mesmo menino, criado por salafista ou por crente, ia andar gritando por aí um monte de merda em nome de Alá ou de Jesus, em vez de usar trancinha e ocupar a casa dos outros. O senhor acha óbvio? O senhor não tem filho, mas se tivesse aposto que ia comprar pra ele essa mesma calça de microfibra, em tamanho infantil. Não é microfibra? Parece. Já estou preso. Não, e daí? Não tenho vítima de atentado na família. Eu sei aonde o senhor quer chegar. Nunca perdi ninguém em atentado terrorista! E por isso sou terrorista? E só por isso não posso falar? Só faltava agora a polícia me dizer como é que eu tenho que julgar! Primeiro, me obrigam a usar cinto de segurança no carro, depois a parar de fumar, só faltava agora querer me dizer como é que eu tenho que ver, só porque não tenho vítima de atentado na família! Não disse, mas quis dizer. Racista uma ova! Sou brasileiro. O senhor é que é, racista de uma figa, me mantendo aqui sem explicação, porque um dia eu quis aprender chinês, e porque não aprendi o suficiente pra saber o que ela disse, a minha ex-professora de chinês, enquanto vocês sequestravam ela. Vocês é que são racistas! Como é que uma chinesa pode ser crente e traficante? Mas quero ver na hora que eles invadirem. Quero só ver. E não adianta dizer que é meu amigo, que me conhece e coisa e tal, porque se fosse amigo mesmo, eu não estava aqui, só porque não entendi o que ela disse em chinês! Amigos, amigos. Negócios à parte. *Qing xiong di, ming suan zhang*. Afinal, aqui tem ou não tem wi-fi? Eu já disse que quero um advogado. Agora. É, agora. Não vou me comprometer, não vou dizer mais nada sem falar com um advogado. O homem morre pela boca. Peixe, tanto faz. Eu sei muito bem o que vocês são capazes de fazer com as minhas declarações. Vão torcer tudo. Dizer que sou racista, salafista, jihadista, que não gosto de preto nem de judeu. Foi isso que eu disse? Foi? Ah, é? A que horas? Pega leve! *Fang song yi xia!* É isso que vocês fazem com os pobres ignorantes e inocentes que vocês prendem, enquanto a bandidagem rola solta nesse país? Bandidagem endêmica! A começar pelos políticos. Uma vergonha. Pra mim, chega! Cansei. O senhor acha que não leio jornal? Que não participo de manifestação contra essa merda toda? Acha? Desculpe. Acha que não acompanho os colunistas? Acha que não sei dos políticos? E da polícia! E da polícia! Pois está enganado. E enganadíssimo! Vocês estão todos comprometidos. Vocês não têm wi-fi? Não precisa me dizer. Sei muito bem onde é que eu estou. E mesmo numa delegacia eu tenho direitos — ou não tenho? E o direito de Miranda? Acha que eu não sei? Acha que eu não leio? Eu quero contar o que está acontecendo comigo. Nas redes sociais. Quero mandar um tweet pra ver se me arrumam um advogado. Avisar aos meus amigos do Facebook onde é que estou. Tenho, sim. Milhares. Não precisa humilhar. O quê? Ela trabalhava pra igreja. Dava o sangue, sim. Eu sei no que o senhor está pensando. No Corão. Nas palavras de Alá. Não disse, mas ia dizer. Foi Alá quem disse. Os colunistas dizem. Eu também acho. Concordo cem por cento com tudo o que o senhor está pensando e não diz. Todo povo que se preza se acha superior. Iraniano, sionista. Chinês, quando nasce homem, ou é Valente ou Forte ou Bravo. Mulher na China nasce com nome de flor ou de passarinho. Já viu como iraniano trata árabe? Já viu como egípcio trata marroquino? Como jordaniano trata palestino? Já viu? Já viu como wahabita trata sufista? Não, sufista! Deixa pra lá. Viu por que não dá pra conversar com brasileiro? Puta povo ignorante. Claro que o problema é da educação. Só quem não se acha superior é português. Posso falar? Porque tenho descendência. Não é preconceito. Discurso do ódio? Eu? O senhor me prende sem explicações, só porque não entendi o que ela disse em chinês; o senhor não sabe nem dizer bom dia em chinês e ainda vem me falar em discurso do ódio? Educação, sim, senhor. Não leu o que aconteceu na Turquia? Não está sabendo? Certo. Não leu sobre a cartilha das escolas turcas? Escola pública, sim. É! 'Einstein era um menino sujo e esfarrapado, que andava descalço e comia sabão; Darwin era um judeu clandestino que detestava o próprio nariz; Freud é o pai dos perversos e Papai Noel devia ser processado por violação à propriedade privada'? Não leu? E o senhor me chama de racista? E acha que sou terrorista islâmico? Quer me ridicularizar? Sou um homem informado! E o que é que eu tenho a ver com isso? O que é que eu tenho a ver com a porcaria da cartilha que eles adotam nas escolas primárias de Istambul? Islâmica? E o que é que eu tenho a ver com os islâmicos e essa porra de cartilha de escola primária? Desculpe. O que é que o senhor acha? O quê? O que é que quer que eu sinta? Estou falando de colunista. Análise. Coisa séria. Não leio qualquer merda que publicam nos jornais. Mercado financeiro. Uma merda, sim, senhor. Todo povo tenta se achar superior aos outros pra sobreviver à depressão de encarar o que realmente é. Pra se convencer. É! Pra falar a verdade, até os portugueses tentaram se convencer, mas pra eles só sobrou ser superior a brasileiro, e aí também! Brincadeira! E nem com brasileiro! Invocaram o passado, mas não colou. Só eles têm saudade. Ninguém mais tem saudade! E quem é que quer ter saudade? Saudade de quê? Da vida colonial? Dos pretos carregando aquelas gordas refesteladas em liteiras? Não tem nada mais injusto do que gordo. Veja bem:

42

não chamei o senhor nem de gordo nem de preto. Como é que é? Brigada antiterror? Não me venha com essa porra edificante da resiliência do espírito humano. O país mudou, cresceu. E daí? Quem é que ainda acredita no triunfo do espírito humano? Quem? Só se for da boca pra fora. Pra foder com os outros. Tenho cara de otário? Como é que é? Idiota da informação é o caralho! Que que é isso?! O quê? Esperança é a puta que pariu! Dá esperança pra essa gente e vê só o que eles fazem com a esperança! Não tem nada de discurso do ódio. Dá esperança pra ver se eles não ficam se achando. É! Depois vem dizer que estão destruindo o planeta e não sei mais o quê. Lé com cré é a puta que pariu! Falo mesmo, com conhecimento de causa. Aqui tem ou não tem wi-fi? Também tenho descendência chinesa. E portuguesa! Posso falar. Sim, portuguesa e chinesa. Estranho? Estranho é o que os portugueses fizeram com os meus antepassados. Com a minha família! Ficam falando dos africanos, mas e a minha família? Já disse que não. O nome não tem nada a ver. Não parece, mas é chinês. Garanto, o nome é meu. Sou eu que estou dizendo. O mesmo nome? Bom, o seu amigo pode ser o que ele quiser, turco, árabe, salafista, jihadista, mas eu sou chinês. Os portugueses importaram meus antepassados pra plantar chá. De onde mais? Quem é que planta chá? Não pareço? Olha o preconceito! Olha só o preconceito! Aposto que o senhor não sabe que James Joyce é best-seller na China. É! *Ulysses* vendeu oitenta e cinco mil exemplares na China. Quando é que isso ia acontecer aqui? Eu? Não sei. Não li. É um negócio grego. Eu não ia dizer nada, mas não dá pra segurar. Chinês, sim, senhor. Sou chinês! Só pro senhor ver como é racista. Não pareço. Devia estar no sangue? É isso que o senhor está querendo dizer, não é? Devia estar no sangue! Estou ouvindo o senhor dizer isso! Não disse mas quis dizer! E não tem nada pior. Discurso do ódio calado. Insinuou com os olhos. O senhor queria dizer que eu devia ter entendido o que ela disse, porque está no meu sangue. Devia falar chinês, porque está no meu sangue! Não disse, mas deu a entender! Não só entendi como quero um advogado! Já! Racista, sim, senhor! Um bom de um racista! O quê? Eu? Bom, desculpe. Desculpe! Desculpe! Exaltado, sim. E o senhor queria o quê? Discurso do ódio! É isso que dá não deixar a pessoa ir aonde ela quer! Meu voo sai às seis! Paguei os olhos da cara pra ir buscar as minhas origens na China. Não acredito em reencarnação. Quem foi que falou de vidas passadas? Eu falei de vidas passadas? Não fui; sou chinês! Não pareço, mas posso provar! Discurso do ódio é o seu. A minha ex-professora de chinês não tem cara de chinês mas é chinesa. Basta ouvir ela cantar *huan ying, huan ying* na porta da escola. Ninguém duvida. Chinesa do sul da China! E daí? Sim, senhor. O Brasil é que é o país do atraso. Ninguém precisa estar à frente do seu tempo pra dar errado no Brasil. Basta estar no presente. É preciso crescer sempre. Crescei e multiplicai-vos! Curti. Os colunistas sabem. E o que não sabem eu vou dizer na seção de cartas do leitor e no meu blog, quando sair daqui. Porque eu tenho pensamento independente. Não precisa ler Bíblia. Nem dar ouvidos a Jesus. Basta fazer o curso básico de qualquer MBA de periferia. Que cara é essa? Vai dizer que também não fez MBA? Tá de sacanagem? Não existe nada no mundo sem MBA. Quem não sabe o que é MBA não devia ter nascido. Curti. Então, se o senhor sabe o que é MBA, também deve saber que tem que crescer sempre. Todo mundo sabe que não pode parar de crescer. É humano. É o que eles ensinam no curso básico de qualquer MBA e na Bíblia. O mesmo que disse Jesus. Deus, tanto faz. Todo economista sabe. E quer saber? Eu concordo. Cem por cento. Concordo cem por cento com os colunistas e com os comentaristas. É a economia. Tem que crescer. É humano. Crescei e multiplicai-vos. Não foi o senhor mesmo quem acabou de dizer aí todo pimpão que o país cresceu? Brigada antiterror e o escambau!

Primeiro Mundo! E essas obras aqui no aeroporto? 'Estamos crescendo para fazer você chegar mais rápido ao céu.' E esses imbecis agora falando de limite de recursos, aquecimento global etc. Que limite de recursos é o caralho! Fim do mundo. Me exaltei. Deus criou o universo que se expande! Sempre crescendo! Fim do mundo é coisa de gente de país desenvolvido, morrendo de medo do nosso crescimento. Claro. Nosso e da China. A gente fica repetindo a lenga-lenga, porque brasileiro é burro, acredita em qualquer coisa, até em pastor, mas na China não pode ter igreja, não é por acaso, chinês não dá mole. Nem pra papa. Tudo bem, papa quer que cresça. Tudo bem, contradição. Mas se fosse acreditar em limite de recursos e aquecimento global, a China ia ter que parar, que é o que os Estados Unidos querem. Há duzentos e cinquenta milhões de anos, a Terra era um continente só e o oceano fervia nos trópicos — e, quer saber?, nós sobrevivemos. É! E daí que o homem não existia? E daí? Existia um monte de bicho. Morreram, curti, mas nasceram outros no lugar. Os americanos vão morrer, e os elefantes, mas os chineses estão aí, lendo *Ulysses*, de James Joyce. Chinês já passou o diabo. Plano Quinquenal, Grande Salto para a Frente, Revolução Cultural. Cinquenta milhões morreram nessa brincadeira. Darwin? Talvez? Seleção natural? Agora, quem é que está dizendo que os bichos tropicais vão migrar pros polos? Quem? Quem está dizendo que os oceanos vão ferver nos trópicos? Quem? Os americanos! É isso mesmo! Os americanos! Só brasileiro pra acreditar em limite de recursos e aquecimento global. São dezenove novos milionários por dia em nosso país. Veja a quantidade de petróleo por tudo que é lado! E basta uns poucos acharem que vai acabar. Uns poucos idiotas nas mãos dos interesses internacionais, basta uns poucos gritando no lugar certo pra aprovar lei contra o desmatamento e o escambau. Queria só ver se Israel fosse na Amazônia, se alguém ia falar em desmatamento. Ficam aí, repetindo que o mundo vai acabar só porque quinhentos pinguins foram encontrados no Rio Grande do Sul. Mortos, claro. Também! Que é que vai fazer no Rio Grande do Sul? Pelo amor de Deus! Pinguim! O senhor não viu aquele filme idiota? Como é que se chamava? Ganhou o Oscar. Não ganhou? A campanha pra associar o pinguim ao homem começou ali. Eu sei, porque trabalho no mercado financeiro. Trabalhava, o.k. Pinguim com sentimento. E olhe no que deu. Quinhentos pinguins são achados mortos no Rio Grande do Sul. Pinguim agora está mais próximo de brasileiro do que do resto da humanidade. Mais próximo de brasileiro do que de argentino. Não é à toa que foram parar no Rio Grande do Sul. Que é que uma pessoa faz no Rio Grande do Sul? Brasileiro é burro e ignorante. Não dá pra conversar. Não tem clima. São dezenove novos milionários por dia! Não é à toa que o português se acha superior. Também, né? E isso é comparação? Onde? Contradição? País do atraso. Mais razão pra somar, somar sempre, sem parar. Agora, os agentes do mundo desenvolvido, esses pernaltas de ONG disso e daquilo, pernaltas, sim, e não há motivo pra rir, pois eles vão dizer que se o senhor não parar de somar os algarismos entre si, vai acabar reduzindo a soma a um único algarismo. Por exemplo: seis mais oito, catorze; mais trinta e três, que é a idade de Jesus, o senhor não acredita, acha que Jesus não é filho de Deus, Jesus é um traidor arrivista e megalomaníaco, então, trinta e dois, vá lá, mais trinta e dois em vez de trinta e três; catorze mais trinta e dois, quarenta e seis. E aí, se continuar somando um algarismo com o outro: quatro mais seis dá dez, e um mais zero dá um. Viu? É o que eles dizem, se continuar somando, vai chegar a uma redução, sempre. Exemplo idiota? Curti cem por cento. Eles dizem que a equação do crescimento permanente é o esgotamento. Mentira! São dezenove novos milionários por dia em nosso país. Sofisma. O quê? Vai dizer que não sabe o que é sofisma? Pelo amor de Deus! Claro que sabe. Não, não disse, mas a sua cara. Pela sua cara! Desculpa. Melhor, não preciso explicar. O senhor sabe o que é sofisma. Estudou português. Sofisma é grego. Sim, grego. O.k. Vou buscar minhas origens. Qual é a graça? O senhor também não é da Mooca? Pelo sotaque. E nem por isso estou rindo. Ou estou? Então? Então o quê? Não entendeu? Não é? Está rindo do quê? Não é da Mooca? Bom, Mooca, Butantã, tanto faz, não podia mesmo saber que d. João VI queria plantar chá em Santa Cruz, no antigo colégio dos jesuítas, em Santa Cruz, no Rio de Janeiro. Nunca foi? Marambaia? Sepetiba? O senhor é mesmo judeu? Sério que não é da Mooca? Não só o sotaque; o jeitão também. Bom, ele mandou trazer um punhado de chineses pra plantar chá. No Rio, em Santa Cruz. Está vendo só? E depois reclama. Brasileiro não conhece a própria história. Não conhece o próprio país. Não tem interesse. Brasileiro é que nem criança. Não lutou por nada. Não precisa crescer. Mas tem que crescer sempre. É a economia mundial. Meu tataravô veio plantar chá em Santa Cruz, no antigo colégio dos jesuítas, e acabou mascate nas ruas do Rio de Janeiro. Século XIX, sim. Mas falando chinês, que era a única língua que ele falava. Chegou falando só chinês, é lógico. Naquela época, século XIX, cada um falava a sua língua. Não era que nem hoje, gente que não tem nada a ver querendo falar chinês e o escambau. Eu? Vou atrás das minhas raízes. Não pareço mas sou. País da miscigenação. E ainda me chama de racista! O voo sai às seis horas, o senhor entenda que é uma questão de identidade. Eu já entendi. Quando o senhor quiser. Não vou repetir. Não vou repetir nada. Não precisa me pedir pra repetir. Não vou repetir! Não precisa gritar. Eu falo português. Não estou sob efeito de entorpecente nenhum. Plantações reais de chá. Em Santa Cruz, no Rio de Janeiro. Não, chá! Chinês. Em 1817. Não tinha maconha em 1817. Provas históricas, sim. O senhor alguma vez ouviu falar de plantação de chá em Santa Cruz? Então? Então é porque não deu certo. De maconha eu não sei. Foi preciso eu contar a história do meu tataravô. Tanto não deu certo, que meu tataravô acabou trabalhando de mascate nas ruas do Rio de Janeiro, onde conheceu minha tataravó. Brasileira, claro. Portuguesa ou brasileira. Tanto faz. Qual a diferença? Todo mundo brasileiro, menos o tataravô. Todo mundo nasce brasileiro até prova em contrário. Ninguém quer ser brasileiro. Mas tem que provar que não é brasileiro, com suor e sangue. E aqui não tem sangue. Todo mundo nasce brasileiro, inocente, sem memória, sem educação, sem peso, sem luta, sem sangue. País light, da miscigenação. Sem racismo. Por isso é que o senhor não reconheceu logo o meu sangue chinês. Mas chinês reconhece de longe. Tenho certeza, no dia em que invadirem, vão logo ver que sou um deles, chinês como eles. Chinês vai se vingar do que sofreu por ser chinês, na mão de ocidental e de japonês. Dinheirista? Eu disse? Está vendo só? Se os meus antepassados têm defeitos, eu não escondo. Não escondo de onde eu venho. Mas não ponha palavras na minha boca! Quero um advogado! Posso ser chinês, mas conheço os meus direitos. O senhor não vai abusar da minha boa-fé como abusaram da boa-fé da minha ex-professora de chinês. Boa-fé, sim, senhor. Muita boa-fé, mas que está se esgotando! Nenhuma ameaça. Não estou ameaçando. Crente e traficante! Era o que faltava. E é tão crente que, se disserem pra ela que ela é traficante, é capaz de acreditar. Onde é que ela está? E vou logo avisando que, se é pra me matar depois, prefiro não saber. Melhor não dizer mais nada! Vou tapar os ouvidos. Não estou ouvindo nada. Nada! Não quero saber onde está a minha professora de chinês. Não perguntei onde está a minha professora de chinês! Mudei de ideia. Ela vivia com dor de dente. O quê? Artista? Eu? A arte é um crime. Crime. Sim. A beleza é um crime. Crescei e multiplicai-vos! O homem veio pra destruir. O senhor não acha? Contraditório? E eu pedi pro senhor escrever? Escreveu porque quis. O que eu digo não se escreve. É claro que estou louco. E o senhor queria o quê? Muita informação. Ninguém aguenta. Se o homem veio mesmo pra destruir, como dizem os agentes dos países desenvolvidos, qualquer esperança é um afago e um encorajamento para o suicídio inconsciente da espécie. É por isso que precisa acabar com a arte. A beleza é um par de antolhos. Quem acha tudo bonito não tem consciência do horror. Como, que horror?! Tá de brincadeira? Isso aqui é um circo de horrores. O quê? O senhor mesmo só trabalha com horror. O dia inteiro. Está vendo? Antolhos! O senhor sabe o que são antolhos. O senhor sabe tudo. Então, por que fica me perguntando? Por quê? Porque a arte faz o homem acreditar em si mesmo. E se sentir melhor. A arte engrandece o homem. Errado? Não vejo nada pior que isso. Crescei e multiplicai-vos. E quer saber? Ao contrário do que dizia Jesus, morrendo na cruz pelos homens, os chineses sabem muito bem o que estão fazendo. Tudo calculadinho. Jesus conhecia um montão de gente. A primeira medida pra salvar o planeta devia ser acabar com a arte. Proibir a beleza. Como? É demagogia. Dão asilo pra advogado cego que luta contra o governo, pelo direito dos chineses se reproduzirem. Não é isso? E é o quê, então? Eu leio os colunistas. Os americanos dão asilo pra advogado cego curtir em Nova York, mas rezam para os chineses pararem de crescer e de se reproduzir. Estou me lixando pro calendário maia! O senhor acha o quê? Que os maias desapareceram porque cresceram demais? Porque destruíram os recursos de que dependiam pra viver? Desapareceram por ordem de Deus? Acha que a minha professora de chinês desapareceu por ordem de Deus? O homem é um eufemismo para o suicídio. Contraditório? E o senhor? O homem é o único animal que tem consciência de que sua reprodução é um suicídio e mesmo assim continua a se reproduzir, não pode parar. Só resta rezar contra o irresponsável que mandou o homem crescer e se multiplicar. Ou jogar uma bomba na cabeça dos chineses. Não reza? Ah, é? Pois quero ver na hora que só tiver chinês no mundo. Quero só ver. Acho melhor começar a rezar já. Em chinês! Pra ver se Jesus entende. O senhor acredita em aquecimento global? Só crente pra acreditar. Não é a Bíblia que fala de fim do mundo? Apocalipse e o escambau? Não é? Maia não interessa. Agora, me diga, o que é que eles queriam? Que o homem saísse procriando pelo mundo e o mundo não acabasse? Não tinha matemática no tempo da Bíblia? É só fazer as contas! Manipulação, sim. Foi Deus que mandou acabar com o mundo. Exércitos de gente. Uns contra os outros. Deus é o agente da cizânia. Santo do pau oco. Só na surdina. O que explica ultraortodoxo não servir o exército. Mas os colunistas desmontaram a palhaçada. Não tem aquecimento nenhum. Ou, se tem, não pode ser culpa do homem, porque foi Deus quem mandou. Deus, sim, senhor. Os colunistas entenderam. Ironia, sim. É isso mesmo. Uma puta ironia! Desculpe. Fim do mundo é pra crente. Eu trabalho com números. Cientista? Não, não. Eu já disse. Mercado financeiro. Quer dizer, trabalhava. Economia e direito. Mas larguei no meio. Chinês é bom de cálculo. Aliás, depois de amanhã não é o Dia do Economista? Olha só! E eu tinha programado passar o Dia do Economista em Xangai. Sem querer. Não, o curso de chinês foi ela que abandonou. Eu continuei. Eu? Divorciado. Mas essa é uma questão de foro íntimo. Quero um advogado. Agora! Não tenho que ficar respondendo nada da minha vida privada. Ela saiu de casa. Mas não foi só porque eu não quis ter filhos. De que adianta, na lua de mel, ir prendendo cadeados às pontes de todas as cidades por onde o senhor passa, até a casa da Julieta em Verona? Minha ex-mulher é atriz. Tinha que passar pela casa da Julieta em Verona! Viagem dos infernos. Minha ex-mulher se apaixonou por um quiroprático, se é o que o senhor quer saber. Americano. E daí?

Exatamente. O bem-estar da sua coluna. Há sete anos, eu e ela não cabemos no mesmo país. E eu sei lá! Que diferença faz se ele é bonitão?! Não sou surdo. Eu? Acredito na ciência. Não acredito em feitiçaria. Não é só a gente que tem cinema, música, literatura, teatro, quiropraxia e o escambau. Antes de desaparecer há quarenta mil anos, o homem de Neandertal também desenvolveu a sua própria cultura. Não estou mudando de assunto. É! Pensava o quê? Que era macaco? Na verdade, foi a cultura do homem moderno que matou o homem de Neandertal. Não estou desviando. Conviveram, sim. Poucos anos, mas conviveram. Poucos, se a gente pensar em termos de criação do mundo. No fundo, nem precisa de bomba. O senhor não vê televisão? Ah, é? Só? É um ótimo seriado. Também não perco uma temporada. Quer dizer, não perdia antes de resolver mudar o foco e me concentrar no chinês pra esquecer a minha ex-mulher. Ou o senhor estuda ou vê televisão ou pensa na mulher que se apaixonou por um quiroprático americano. Não dá pra fazer tudo ao mesmo tempo. Então, se o senhor não estuda chinês e acompanha o seriado, deve saber que desde 2004 os americanos já mataram mais de três mil pessoas com aqueles aviões teleguiados no Waziristão do Sul. É isso aí, Paquistão, Afeganistão. Acho que foi na segunda temporada, não? É o futuro. Bomba é passado. Piloto largando bomba sobre vilarejo de pescador vietcongue já era, é coisa de filme de arte. Piloto agora fica no centro de comando remoto. TV. E dessas mais de três mil vítimas dos aviões teleguiados só oitocentas eram civis. Dependendo da fonte, quatrocentas. Colateral, claro. Cota colateral de civis. É o preço, claro, mas é muito menor do que com bomba. É muito mais higiênico. Qual o problema? Entre 2004 e 2008, o Bush usou mais ou menos cinquenta aviões teleguiados no Waziristão do Sul, Paquistão, sim. Eu não perdia um episódio. O seriado está muito bem-feito mesmo. E, em menos de quatro anos, o Obama usou trezentos aviões teleguiados. E que atores! Estou dizendo que é o futuro. O senhor acha que o Obama é mais de direita que o Bush? Aquele barulho dos aviões teleguiados se aproximando, o pessoal correndo. É muito bem filmado. E o horror dos caras, né? Estão excelentes. Pra mim, é o barulho dos aviões. Mais que o resto. Muito mais! Imagina! O pessoal tentando se esconder, correndo pra tudo que é lado, pra fora dos esconderijos. Os terroristas, né? É claro, terrorista também se casa e tem filho, mas isso não faz deles homens melhores. Isso fica muito claro no seriado. Dizer alguma coisa? Eu? Que bom que o senhor notou! Já não era sem tempo. Sim, quero me expressar. Tenho uma opinião independente. É mesmo. Leio muito colunista, comentário, blog. Então, falamos a mesma língua? Bom, pelo menos vemos o mesmo seriado. O quê? Sim, estou há horas querendo dizer alguma coisa. Como, o quê? Meu voo sai às seis. Afinal, que língua é essa? Nenhuma contradição. Está aí uma palavra que não vai existir na língua do futuro. Coerência também não. Na língua do futuro, o senhor vai poder dizer o que quiser, sem consequência, nem responsabilidade, nem contradição. O senhor está querendo dizer que colunista de jornal escreve o que o leitor quer ler, pra não ser demitido? É isso? O senhor está querendo dizer que colunista de jornal tem medo e aposta que o leitor é imbecil? Não está? Não? Olhe, eu também não sabia e agora já sei. E é por isso que tudo o que o senhor disser não vai valer mais a pena ser dito na língua do futuro. Nenhuma contradição. O senhor vai acabar dizendo que todo mundo fala a mesma língua e que cada um entenda o que quiser. Vai acreditar nisso. Que tudo é igual e equivalente. Mas, no fundo, o que vai dizer é outra coisa, o contrário, na língua do futuro. Uma palavra pela outra, na língua do futuro. A língua do futuro vai dizer sempre o contrário. O assassino vai clamar por justiça, na língua do futuro. O racista vai exigir seus direitos, na língua do futuro. O fascista será o porta-voz da democracia, na língua do futuro. O lobo na pele de cordeiro, na língua do futuro. O ódio em nome do amor, a morte pela vida, na língua do futuro. Dramático? Que nada! Não precisa frequentar escola de línguas. O senhor aprende em qualquer curso básico de MBA. A língua do futuro dá ao homem o que ele quer ouvir. Sem contradição nem hipocrisia. Já? Ouviu? Tem certeza? Pode ser. É um som fascinante o da língua do futuro. Por exemplo: o senhor quer saber por que estou indo pra China, não quer? Na língua do futuro? Porque não sou chinês, ao contrário do que eu disse. É. Não sou. Nenhum chinês veio pro Brasil plantar chá, nunca. A história não existe. O passado não existe. Só o futuro. Nunca perdi ninguém em atentado suicida. Foi o que eu disse, sim. Não tenho ninguém pra perder. E, ao contrário de tudo o que eu disse, perdi tudo o que eu tinha. As duas coisas ao mesmo tempo. Tudo. Agora, só falta perder meu voo, que sai às seis. Tenho certeza que, no meu lugar, o senhor também ia querer ir pra China. E, pra completar, o homem que alugou o apartamento em cima do meu uiva todo dia. É. Uiva como lobo. Sabe o que é isso? Acabou de se mudar. Quer dizer, faz seis meses. Todo dia, às seis da tarde, o horário do meu voo, e às seis da manhã. Quando chega em casa e antes de sair pro trabalho no dia seguinte. Todo dia. Como o homem de Neandertal. E quem é que aguenta? Ninguém merece, não é? Mais um motivo. O senhor viu quanto é que a família do primeiro-ministro chinês embolsou? Dois vírgula sete bilhões de dólares! Confuso? Acha? Eu ou o senhor? Eu, louco? Normal. Me diga como é que o senhor ficaria no meu lugar. Só isso. Me diga. Não é a minha opinião. Sou um cara hiperinformado. E tenho opinião própria. Fique com a sua. E fique tranquilo. Num instante, o senhor pega. Chinês? Não, a língua do futuro. O que eu estou querendo dizer só pode ser dito na língua do futuro."